感悟一生的故事

哲理 故事

曹金洪　编著

北方妇女儿童出版社

·长春·

图书在版编目（CIP）数据

哲理故事 / 曹金洪编著 . —— 长春：北方妇女儿童出版社, 2010.6（2024.3重印）

（感悟一生的故事）

ISBN 978-7-5385-4673-6

Ⅰ . ①哲… Ⅱ . ①曹… Ⅲ . ①故事 – 作品集 – 世界 Ⅳ . ①I14

中国版本图书馆CIP数据核字(2010)第083487号

哲理故事
ZHELI GUSHI

出 版 人　师晓晖
策 划 人　陶　然
责任编辑　于　潇　刘聪聪
开　　本　710mm×1000mm　1/16
印　　张　11.75
字　　数　200千字
版　　次　2010年6月第1版
印　　次　2024年3月第6次印刷
印　　刷　旭辉印务（天津）有限公司
出　　版　北方妇女儿童出版社
发　　行　北方妇女儿童出版社
地　　址　长春市福祉大路5788号
电　　话　总编办：0431-81629600

定　　价　49.80元

是浮华的风带不走燥热的怅然，是盲动的雷也震不醒驿动的灵魂。这世间的一切，太多的幻想，太多的浮华，太多的……只有呼吸着的每一天，才感受到她的价值，她的真实。此刻，生命对于我们来说，只有一次，可以把握，可以珍惜。

于万千红尘中，我们不停地奔波着，劳碌着，快乐着也痛苦着，其目的就是为着生活，为着活着的质量。是血浓于水的亲情带着我们赤裸裸地来到这个尘世，当我们响亮的第一次啼哭，带给父母这一辈子最动听的音乐的同时，我们便与亲情紧密相连，永不可分了。也许前行的路荆棘丛生，也许前行的路坑坑洼洼，也许前行的路一马平川，但我们只要带着亲人们真切的惦念，带着亲人们殷殷的祈盼，就不会迷失前进的方向，就不会沉沦于泥潭沼泽里而不能自拔。

历经人生沧桑时，或许有种失落感，或许感到形单影只，这时，总会有一种朋友，无须形影相随，无须感天动地，无须多言，便心灵交汇，又能获得心灵的慰藉；在饱受风霜时，总会有一种朋友，无须大肆渲染，无须礼尚往来，无须唯美的表达方式，就能深深地感受到一种力量与信心，就能驱动前行的脚步。朋友无须多而在于精，友情也不必锦上添花，而在于雪中送炭。

童话故事里，我们经常看到王子吻醒了沉睡的公主，或是公主吻到中了魔法的青蛙，便可以幸福地结合在一起，永不分开。在这世上，也许有一份真爱可以彼此刻骨铭心到地老天荒，也许有一种真情彼此生死相依到海枯石烂。而这份真情、这份真爱却因世事的沧桑而深入到人们的骨子里，成为人们心中永恒的痛。

爱，有时，真的就是一种感觉，一种魂牵梦萦的感觉；有时，真的就是一种意境，一种心手相携的意境；有时，又会是一种情怀，一种两情相悦的情怀……

也许，真的如他人所说吧，亲情、友情、爱情，抑或其他值得珍惜的情谊，只是一种修为。所有的绝美，也许应该有一个绝美的演绎过程。我们所能做的，就只有把这种"永存"记录下来，让更多人从中获得感悟，获得启迪。

岁月如歌，有一些智慧启发我们的思想；有一些感悟陪伴我们的成长；有一些亲情温暖我们的心房；有一些哲理让我们终生受益；有一些经历让我们心怀感恩……还有一些故事更让我们信心百倍，前进不止。一个个经典的小故事，是灵魂的重铸，是生命的解构，是情感的宣泄，是生机的鸟瞰，是探索的畅想。

这套丛书经过精心筛选，分别从不同角度，用故事记录了人生历程中的绝美演绎。

本套丛书共20本，包括成长故事、励志故事、哲理故事、推理故事、感恩故事、心态故事、青春故事、智慧故事、人格故事、爱情故事、寓言故事、爱心故事、美德故事、真情故事、感恩老师、感悟友情、感悟母爱、感悟父爱、感悟生活、感悟生命，每册书选编了最有价值的文章。读之，如一缕春风，沁人心脾。这些可贵的精神食粮，或许能指引着我们感悟"真""善""美"的真正内涵，守住内心的一份恬静。

通过这套丛书，我们不求每个人都幸福，但求每个人都明白自己在生活。在明白生命的价值后，才能够在经历无数挫折后依然能坦然地生活！

目录
Contents

♂ 友谊之旅

♂珍 惜

友谊之旅

　　克特和我的深厚友谊，是我希望每个人都能有幸经历的，所有关于同伴的真正意义——信赖、关心、冒险，以及其他所有在我们仓促熙攘的一生中，友谊所能拥抱的事物，都在克特和我的深刻友谊中具体展现。

捆绑苦难

语 梅

在那次关于矿难的采访中，我接触到一位被双重苦难击中的中年妇女：瞬息之间，她失去了丈夫和年仅18岁的儿子。

她在一夜之间变成孤身一人，一个家庭硬生生地被死亡撕成两半，一半在阳光下，一半在尘土里。

两个鲜活的生命去了，留下一个滴着血的灵魂，悲伤让她的头发在短短几天内变白了，像过早降临的雪。

一个人的头发可以重新被染成黑色，但是，堆积在一个人心上的雪，还能融化吗？

那声沉闷的巨响成了她的噩梦，时常在夜里惊醒她，她变得精神恍惚，时刻感觉到丈夫和儿子在低声呼唤着她。

同样不幸的事还有很多，一个刚满8岁的孩子，父亲在井下遇难，而母亲在上面开绞车也没能幸免于难，强大的冲击波将地面上的绞车房震塌了，母亲在被送往医院的途中离开了人世。

在病房里，我们不敢轻易提起这场噩梦，这使我们左右为难。主编给我们的采访任务是关注遇难矿工家属的生活，可是我们真的不忍心再去触碰她的伤口，那苦难的心灵简直就是一座随时都有可能爆发的悲伤的火山。

我们沉默着，找不到可以安慰她的办法，语言显得那样苍白无力，就像一个蹩脚的画家面对美景时的束手无策。

由于过分悲伤，她整个人都有些变形了，但最后还是她打破了沉寂。在得知了我们的来意后，她说，活着的人总是要继续活下去的，但愿以后不会再有矿难发生，不会再有这样一幕幕生离死别的悲剧。

我在笔记本上收集着那些苦难，那真是一份苦差事，每记下一笔，都仿佛是用刀子割了一下她的心，那一刻，我的笔滴下的仿佛不是墨水，而是一滴滴血和一滴滴泪。

当我问到关于以后生活方面的问题时，她做出了一个让我们意想不到的决定，她要收养那个失去父母的孩子。

"我不能再哭了，我要攒点力气，明天还要生活啊……"在她那里，我听到了足以震撼我一生的话："我没了丈夫和孩子，他没了父母，那就把我们两个人的苦难绑到一块儿吧。这样总好过一个人去承担啊。"

把两个人的苦难捆绑到一块儿，那是她应对苦难的办法：厄运降临，她并没有屈服，她在这场苦难中懂得了一个道理，那些逝去的生命只会让活着的人更加珍惜生命。

短短几天的采访行程结束了，临走的时候，我去了她的家。我看到她把院子收拾得干干净净，几盆鲜花正在那里无拘无束地怒放，丝毫不去理会尘世间发生的一切。那个失去父母的孤儿正在院子里和一只小狗快乐地玩耍。我如释重负地松了一口气，抬头看到房顶的炊烟又袅袅地飘起来了，那是在生命的绝境中升起的炊烟啊，像一根热爱生命的绳子，在努力将绝境中的人们往有阳光的方向牵引。虽然纤弱，但顽强不息。

　　我知道，在以后的生活中，无论身处怎样的困境，我都会坚强地站立，因为我知道，曾经有一个人，用她朴实的生命诠释了她的苦难——把两个人的苦难捆绑到一块儿，苦难便消解了一半。

心灵寄语

　　一份快乐，两人分享，那就成了两份快乐；一份痛苦，两人承担，也就成了半份痛苦。人生的乐趣因共享而有意义，痛苦因分担才会消减。

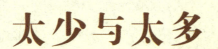

太少与太多

舒 虹

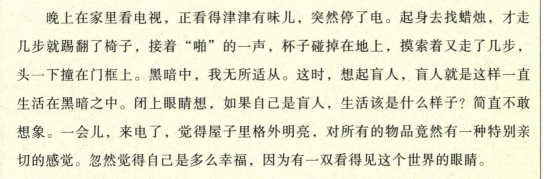

晚上在家里看电视，正看得津津有味儿，突然停了电。起身去找蜡烛，才走几步就踢翻了椅子，接着"啪"的一声，杯子碰掉在地上，摸索着又走了几步，头一下撞在门框上。黑暗中，我无所适从。这时，想起盲人，盲人就是这样一直生活在黑暗之中。闭上眼睛想，如果自己是盲人，生活该是什么样子？简直不敢想象。一会儿，来电了，觉得屋子里格外明亮，对所有的物品竟然有一种特别亲切的感觉。忽然觉得自己是多么幸福，因为有一双看得见这个世界的眼睛。

记得小时候在乡下，有个篾匠，只有一条腿，每天拄着拐杖走乡串村地找活儿干，碰上谁家编个簸箕背篓什么的，就在这家干上个三五天。他干活儿时，总是边干边唱歌，有人搭话，他就聊几句，没人就自言自语，"你看你，这里又搞错了。哎哟哟，老了老了，不行了。"他总是很快活的样子。我们这些孩子常常围着他看，他就不时地抬头扮个鬼脸，逗得我们哈哈大笑。有些淘气的孩子，趁他不留神拿走了拐杖，他就唬着脸说，"赶快给我拿来，看我编个笼子把你们关起来，送去喂野猪。"还真吓着了他们，乖乖地就给送回来了。然后他摸摸他们的头，嘿嘿笑着继续干活儿。干累了，歇空时，他还会拄着拐杖一跐一跐地和我

们跳房子。我们这些不懂事的孩子，有时在背后猛推一把，他控制不住摔倒了，抓起拐杖乱打一气。嘴里不停地骂着，"打死你们这些小畜生"，但并没有真的打着我们。然后爬起来，拍拍手说，"不玩了"，又继续干活儿去了。边干边唱歌，像个老顽童。

他的生活状态，其实是很令人同情的。年轻时因为残疾，没能娶到媳妇，就一个人孤单地过着。有人问他为什么总是这么快活。他就嘿嘿笑着说，"人嘛，没得平路。比起对面山上的老刘头，我还有一条腿能走，没病没痛的，一顿能吃两三碗，凭手艺还能挣几个酒钱。人哪，活个知足。"他就这么快活着。

晚年的林语堂在香港，有一次圣诞节前夕和女儿去商场购物。坐在轮椅上，他看见商场里一个个鲜活的生命在面前来来往往，看见琳琅满目的节日饰品装点着这个美丽的世界，突然，他失声痛哭起来。因为他明白自己将不久于人世，而生活又是多么美好哇！而他又是多么眷恋这个世界呀！或许人到了生命的尽头会生出对生命的特别渴求，这是正享受着生命的人无法体验到的。去年，我生病住院，躺在病床上，吃喝拉撒都要靠别人照顾。这时，生活中那些不经意的点点滴滴涌上心头，和朋友一起谈笑，在街上大步流星，这些平平常常的事情都变成了一种奢望。病重的那几天，我觉得生命就像漫漫黑夜里荒原上的一缕光亮，遥远而缥缈。当时只有一个念头，就是拼命去拽住那一缕光亮要活下去。对生活的要求降到了最低点，对自己说什么都不想要了，只要活着，活着。

我们拥有生命和健康的时候，常常熟视无睹，总是抱怨这也不顺心，那也不如意。其实，我们痛苦，不是因为获得太少，而是拥有太多。正如对糖的感觉，只吃一点点，觉得很甜，但吃得多了，就不觉得有多甜了。所以，当你对生活不满意时，请把眼睛闭上一会儿，摸索着走几步。或许会摔倒，或许会碰坏东西，没关系，当你再睁开眼睛时，会觉得自己其实很幸福。

心灵 寄语

　　满足于自己的生活，对生活充满感恩的人虽然不一定会获得成功，但是他一定是最幸福的。

降低快乐的标准

流 沙

澳大利亚开奥运会的时候，在这片土地上发迹的媒体大亨默多克当然会去捧场。

在现场，默多克发现座位底下散落着一枚硬币，他站起身来，然后蹲下，捡起了那枚硬币，脸上带着微笑。

这则细节被媒体爆炒，但我只记住了默多克的微笑，拥有亿万资产的他却为捡到一枚硬币而微笑。

一位香港记者曾问过李嘉诚："君以为一生之中，最快乐的赚钱一刻是何时？"李说："开一间临街小店，忙碌终日，日落打烊时，紧闭店门，在昏暗灯下与老伴一张一张数钞票。"

李嘉诚的答案令记者措手不及。但这真是妙答呀，一点都不做作，谁都会对这样的快乐会心一笑。

快乐的标准是一根可以无限拉伸的橡皮筋，你的欲望越大，它拉得就越长，快乐的标准也就越高。默多克、李嘉诚是智慧的，把快乐的标准降下来，降到人人都拥有的境地，那就快乐了。

　　澳大利亚还有位华籍企业家谢英福，当时马来西亚有一家国营钢铁厂经营不景气，亏损高达1.5亿元。首相马哈迪找到他，请他担任公司总裁，他不假思索地答应了。在别人看来，这是一个错误的决定，因为钢铁厂债重难还，生产设备落后，员工凝聚力涣散，这是一个巨大的洞，根本无法填平的洞。

　　但谢英福却坦然对媒体说："当年我来到马来西亚时，口袋里只有 5 元钱，这个国家令我成功，现在我要报效这个国家，如果我失败了，那就等于损失了 5 元钱。"

　　年近六旬的谢英福从别墅里搬出来，住进了那家破败的钢铁厂，三年后，工厂起死回生，开始大量创造财富。

　　5元钱每个人都拥有，但当你拥有 1 万元、100万元、1000万元的时候，还会以5元的标准衡量自己的快乐吗？

　　快乐像跳高，跳杆越低，我们就会越轻松，越无所畏惧。

心灵 寄语

　　每个人对快乐的感受都不同，对于一些人来说平平安安就是快乐，对于一些人来说大富大贵才是快乐；每一个人对快乐的标准不同，他们得到的快乐也就不尽相同了。

自我克制

佚 名

　　一个商人需要一个小伙计，他在商店里的窗户上贴了一张独特的广告："招聘：一个能自我克制的男士。每星期 4 美元，合适者可以拿 6 美元。""自我克制"这个术语在村里引起了议论，这有点不平常。这引起了小伙子们的思考，也引起了父母们的思考。这自然引来了众多求职者。

　　每个求职者都要经过一个特别的考试。

　　"能阅读吗？孩子。"

　　"能，先生。"

　　"你能读一读这一段吗？"他把一张报纸放在小伙子的面前。

　　"可以，先生。"

　　"你能一刻不停顿地朗读吗？"

　　"可以，先生。"

　　"很好，跟我来。"商人把小伙子带到他的私人办公室，然后把门关上。他把这张报纸送到小伙子手上，上面印着小伙子答应不停顿地读完的那一段文字。阅读刚一开始，商人就放出6只可爱的小狗，小狗跑到小伙子的脚边。这太过分了。小伙子经受不住诱惑要看看美丽的小狗。由于视线离开了阅读材料，小伙子忘记了自己的角色，读错了。当然他失去了这次机会。

就这样，商人打发了70个小伙子。终于，有个小伙子不受诱惑一口气读完了。商人很高兴。他们之间有这样一段对话：

商人问："你在读报的时候没有注意到你脚边的小狗吗？"

小伙子回答道："对，先生。"

"我想你应该知道它们的存在，对吗？"

"对，先生。"

"那么，为什么你不看一看它们？"

"因为你告诉过我要不停地读完这一段。"

"你总是遵守你的诺言吗？"

"的确是，我总是努力地去做，先生。"

商人在办公室里走着，突然高兴地说道："你就是我要的人。明早七点钟来，你每周的工资是6美元。我相信你大有发展的前途。"小伙子的发展的确如商人所说。

心灵 寄语

诱惑是魔鬼，它无时无刻不在影响着你。如果你坚持住了，那么就能获得巨大的成功。

自己的立场

王新龙

自己不尊重自己，别人也不会尊重你。

世界著名交响乐指挥家小泽征尔在一次欧洲指挥大赛的决赛中，按照评委会给他的乐谱指挥演奏时，发现有不和谐的地方。他认为是乐队演奏错了，就停下来重新演奏，但仍不如意。这时，在场的作曲家和评委会的权威人士都郑重地说明乐谱没有问题，而是小泽征尔的错觉。面对着一批音乐大师和权威人士，他思考再三，突然大吼一声："不，一定是乐谱错了！"话音刚落，评判台上立刻报以热烈的掌声。

原来，这是评委们精心设计的圈套，以此来检验指挥家们在发现乐谱错误并遭到权威人士"否定"的情况下，能否坚持自己的正确判断。前两位参赛者虽然也发现了问题，但终因趋同权威而惨遭淘汰。小泽征尔则不然，因此，他在这次世界音乐指挥家大赛中摘取了桂冠。

没有智慧不行，没有勇气也不行。谁也不敢说有智慧的人一定有勇气，但缺少智慧的人，大约也没有勇气，或者其勇气亦是不足的。

怎样是有勇气？不为外界威力所慑，视任何强大势力若无物，担负任何艰巨工作而无所怯。譬如：军阀问题，有的人基于义愤要打倒他；但同时更有许多人看成是无可奈何的局面，只有迁就他，只有随顺而利用他，自觉我们无拳无勇的人，对他有什么办法呢？此即没有勇气。没勇气的人，容易看重既成的局面，往往把既成的局面看成是不可改的。说到这里，我们不得不佩服孙中山先生，他真是一个有大勇的人。然而没有智慧，则此想亦不能发生。他何以不为强大无比的清朝所慑服呢？他并非不知其强大，但同时他知此原非定局，而是可以变的。他何以不自看渺小？他晓得是可以增长起来的。这便是他的智慧。有此观察理解，则其勇气更大。而正唯其有勇气，心思乃益活泼敏妙。智也，勇也，都不外其生命之伟大高强处，原是一回事而非二。反之，一般人气慑，则思呆也。

没有勇气不行。无论什么事，你总要看它是可能的，不是不可能的。无论任何艰难巨大的工程，你总要"气吞事"，而不要被事慑着你。

在权威面前一旦养成屈膝哈腰的习惯，不但自己只能生活在人家的影子中，而且人家也未必瞧得上你，自己不尊重自己，别人也不会尊重你。

给予总是相互的

秋 旋

有一位农民，听说某地培育出一种新的玉米种子，其产量是一般种子的几倍，为了获得好收成，他托朋求友、不惜花高价买来一些。

谁知种子运回来当天，就被邻居知道了，人们一传十、十传百，村民纷纷来找他。有的求他转让一些种子，他固然不干；有的询问种子的有关情况、出售种子的地方，他也拒绝回答。

村民们见到这位农民拒绝回答，一点办法也没有，只好愤愤离去，继续种他们原来的种子。

面对此情此景，这个农民却喜不自禁，他想道：绝对不能说出种子是从哪里买的，一旦别人也有了这种高产的种子，自己就失去了竞争的优势，那到秋时怎么还能比别人多打粮呢？

随着春耕夏锄、时间的推移，这个农民种的玉米长势的确比其他一般种子看好。农民更是喜上眉梢，觉得自己不向别人"泄密"，搞现在的"独家经营"太高明了。

然而，正当他丰收大梦还没有清醒时，秋收到了。玉米脱粒后一入仓，他的收成却并不比邻居家强多少，而且这种玉米还皮子厚、脐子大，吃起来也没有原来的玉米可口。

为了寻找原因，农民去请教一位农业专家，经专家分析，很快查出了玉米不高产的原因：仅仅他一家小面积地播种，优种玉米不得不接受邻近地劣等玉米的花粉。

种地如此，人生亦然，自私狭隘不会换来幸福，农民失去的也不只是高产而已。

心灵寄语

互惠互利，互通有无才能更好地获得成功，在获得与给予中人类社会不停地进步。

他不该得一个"A"吗？

凯瑟琳·比尤利

　　我的第二个孩子埃里克，不论怎样努力，成绩始终不好，那些写着"C"的成绩报告单总是令他伤心落泪。

　　如果他不能学有所成，将来靠什么生活？想到这些，我就忧心忡忡。

　　在埃里克16岁那年，我对他有了新的认识。那天，我79岁高龄的父亲因心脏病突发去世。接到消息，埃里克痛哭失声。在埃里克5岁以前，我丈夫工作很忙，带埃里克的任务就落在了我父亲的肩上，他带他去理发、吃冰激凌、陪他打棒球，可以说，我父亲是埃里克的第一个好朋友。

　　当我和两个孩子走进殡仪馆时，我感到埃里克猛地抓住了我的手。后来，当数百位亲友络绎不绝地涌入告别厅的时候，我们才依依不舍地离开他的遗体，站在告别厅的一侧。

　　突然，我发现埃里克不知什么时候不在我身边了。他正站在入口处帮助那些老人们——有的坐着助步车，有的拄着拐杖，还有很多人则要斜靠在埃里克的肩膀上，由他搀扶着才能走到我父亲的遗体前。

　　那天晚上，丧事承办人向我提及还需要一名护柩者的时候，埃里克立刻接过话问道："先生，我能帮您吗？"

但是，丧事承办人却建议他最好和他的妹妹还有我待在一起。可是，埃里克却摇了摇头，说："我小的时候，一直都是姥爷带我，现在该我抬他了！"听到埃里克的话，我顿时难过地哭了起来。

从那一刻起，我知道我绝对不会再因为埃里克考不到好成绩而严厉地斥责他了，因为我觉得我的儿子已经非常好了。他的善良、他的爱心，都是上帝赐给他的礼物。

如今，埃里克已经20岁了，他仍旧在继续传播他的善良。无论走到哪里，对于他人，他仍旧一如既往地满怀同情。我不禁自问："当一个年轻人已经尽了自己最大的努力，发挥了他最大的潜能的时候，他的精神不应该得到一个'A'吗？"

心灵 寄语

带着一颗善良的心，尽自己最大的努力帮助他人。这样的人是让人敬佩的，他不是为课堂的分数成绩而活，而是在人生的课堂上绚丽地活着。

理解是一种奢望

李争平

我时常感到孤独和痛苦。我对朋友诉说我的苦闷、烦恼以及忧郁，说世人不能理解我。

我只希望得到他的理解。

于是，他"煞有介事"地"教导"我一番。他给我讲了三个小故事。

第一个故事是建造巴比伦塔：人类在创始期，天下只有一种语言。他们往东方大迁移时，遇见一片巴比伦平原，就在那里定居下来。他们彼此商量着说："来吧！我们在这儿烧制砖头！"他们真的动手烧制起来。又说："来吧！我们要建造一座城，城里要有高塔，耸入云霄，好传扬我们的美名，以免我们分散到别的地方！"

这时候上帝下来了，他看见了人类建造的城和塔。于是，他就施展法术把人类分散到世界各地，让他们有不同的语言，人类的高塔最终没有建成。

第二个故事是苏格拉底之死：公元前399年，在雅典的法庭上，肃立着500个虔诚的雅典公民，人们要对伟大的思想巨子苏格拉底进行审判。原因仅仅是因为苏格拉底想当个"马虻"，要通过交谈去"蜇醒"当时雅典这匹昏睡的纯种马，要让那些名声显赫的雅典人意识到自己并不聪明，应当清醒起来。然而，怀有私心的雅典人和襟怀坦白的雅典人一起，利用雅典的民主制这架机器，处死了自己的同胞——聪明、睿智的先哲苏格拉底。

第三个故事是黑格尔的感叹：1831年德国哲学家黑格尔在弥留之际感叹地说："只有一个人理解我，"但马上，他又感慨地否定道，"就连这个人也不理解我！"

故事讲完了。孤独的我沉默不语。他继续对我喋喋不休道：

第一个故事说明了上帝的疏忽，他以为变乱了人类的语言就可以使人类彼此不能理解，他忘记了同一种语言的人们也可以互不理解。第二个故事恰好从正面论证了第一个故事的结论：雅典的公民们有谁理解了同是雅典公民的苏格拉底？第三个故事是第二个故事的反证：即使理解了又能怎样？

是啊，真正做到理解极其不易，不想让别人理解，恐怕你自己也不怎么理解自己。既然如此，何必追求那种形式上的理解呢？只要大家可以和睦相处就行，能理解最好，不能理解也不必强求。

心灵 寄语

世上知音难寻，伯乐与千里马的故事也不常有。只是因为人与人之间实在是难以进行彻彻底底的理解。

勇于自我推荐

史蒂夫·威利

在围棋界，棋圣聂卫平经历了不少风风雨雨，可什么事最使他难忘呢？

聂卫平在一篇文章中这样写道："我觉得最难忘的事要数1974年12月9日与日本棋手宫本直毅九段，在上海下的那盘棋了。"

原来，当年这位日本棋手到我国访问，连胜我方6位棋手，并准备以最后一胜庆祝生日。那时聂卫平刚20岁出头，血气方刚，看到日本棋手在我国棋坛畅行无阻，很受刺激，于是他自荐要求上场，态度非常坚决、迫切。

聂卫平终于获准与宫本直毅九段进行其在华的最后一战。这盘棋磨战了10个小时，聂卫平最终获得了胜利。

聂卫平回忆到："当人们为我的胜利而感到由衷的高兴时，而我，已经连站都站不起来了。我激动不已，感慨万千，欣喜若狂！对于我来说，这是我终生难忘的一天！这一盘棋的胜利太重要了。这不仅是我第一次赢日本九段，而且奠定了我的围棋生涯。"

此后，聂卫平被正式调进了国家队。

机会很多时候就在你面前，不管你是否喜欢这样的机会，只有把握住，迎难而上才能获得非凡的成就。

谁是最忠诚的人

刘燕敏

1942年3月，希特勒下令搜捕所有的犹太人，68岁的犹太商人贾迪·波德默召集全家商计对策，最后想出一个没有办法的办法，向德国的非犹太人求助，争取他们的保护。

办法定下来之后，接下来是选择求生的对象。两个儿子认为，应该向银行家金·奥尼尔求助，因为他一直把波德默家族视为他的恩人。在不同的场合，他也曾多次表示，如果有什么需要帮助的，尽管找他。

波德默家族拥有潘沙森林的采伐权，在欧洲是数得着的木材供应商。金·奥尼尔是一家银行的小股东，他是在波德默家族的资助下发家的。40年来，为了支持他打败竞争对手，波德默家族的钱，从来都没有存入其他的银行，就是到1942年，他的银行里还存有波德默家族的54万马克。现在，波德默家族遭到了灭顶之灾，向他求助，他怎会袖手旁观？

68岁的老人却不是这种意见，他认为应该向拉尔夫·本内特求助，他是一位木材商人，波德默家族的人是跟他打工起家的，后来是经过他的资助，波德默才有了今天的家业。现在虽然很少往来，但心理上从没断绝过感激和思念。最后，老人说，"你们还是去求助拉尔夫·本内特先生吧！虽然我们欠他的很多。"

第二天一早，两个儿子出发了。在路上，二儿子说，"我们不能去本内特先生那儿，上次我见他时，他还提那700吨木材的事。要去，你去吧！我要去求奥尼尔。"最后，二儿子去了银行家那儿，大儿子去了木材商的家。

1948年7月，一个叫艾森·波德默的人，从日本辗转回到德国，去寻找他的家人，最后一无所获。后来，他从纳粹档案中查到这么一项记录：银行家金·奥尼尔来电，家中闯入一年轻男子，疑是犹太人。一年后，他又于奥斯威辛集中营的死亡档案中，查到他父亲、母亲、妻子、弟媳及6个孩子的名字，他们是在他和弟弟分手后第四天被捕的。

1950年1月，艾森·波德默定居美国；2003年12月4日去世，终年83岁，留下一部回忆录、两个儿子、三个女儿和九个孙子、孙女。他留下的一本回忆录主要讲述他在木材商本内特的帮助之下，怎样偷渡日本，保全性命的。

该书的封面上写着：献给父亲贾迪·波德默先生！封底写着：许多人认为，要赢得他人的忠诚，最好的办法是给其恩惠。其实，这是对人性的误读，在现实中真正对你忠诚的，都是曾经给过你恩惠的人。

心灵寄语

给予别人小恩小惠，并不能看出他对你是否真心，也不能简单地就认为会得到报答；而给你恩惠的人却可能是真心想帮助你的人。

一个人的博弈

英 涛

仿佛他注定要做个茕茕子立的独行者。

孤独的征兆从18岁当兵开始。他一入伍就被分配到一个只有他一个人站岗的小小孤岛，除了定期开来的补给船，每日里和他做伴的只有自己的影子和天空中飞过的海鸟。

这样的日子，他居然乐呵呵地过了三年。

慢慢地，他从班长、排长一路干到了团长。突然，一个意外的旋涡又把他卷进了众叛亲离的绝境。妻子丢下孩子和他离了婚。他离开了部队。

后来，他找到了一份在深山老林当护林员的工作。这更是一份孤独的工作，他经常从这座岭爬到那座岭也看不到一个人。

但这些都不算什么，更猛烈的打击还在后面——他放在山下村子里读书的儿子，溺水死了。从此，他对山外似乎再也没有了牵挂，而山外的人们，也都不记得山里还有这样一个人，在一年一年孤独地老去。

20年后，一辆从省城里开来的电视采访车忽然开进了这座深山。原来，这20年里，他在看护林子的同时，为了解闷，看了许多有关动植物学的书籍，平时在林子里走来走去的时候，他也注意对照书上的图谱观察、研究。就在几个月前，他发现了一种国内外从未有过记载的珍稀物种，他把这种植物的照片和自己写的说明托人寄给老战友，老战友把它寄到一家国外的权威专业杂志，竟然发表了。

了解了他的人生经历后，让记者惊叹并深受震撼的不是老人的重大发现，而是，他有这么坎坷而孤独的大半生。过着这样寂寞得扔块石头都听不见回响的日子，可是他说话时的神情却一直是鲜活、生动甚至快乐的。

于是，记者问他，您为什么能一直保持这样乐观的心态？您让自己快乐的秘诀是什么？

他想了想，说，要说秘诀，也许只有一个：我总是自己跟自己下围棋，白棋是我，黑棋也是我，这样，不管是白棋赢了，还是黑棋赢了，赢家都是我。

听者无不沉思，点头。不错，只要你心里坚信自己就是胜利者，别人，甚至命运，都无法否定你，给你胜利的，是你自己的理想、信念和毅力。

心灵 寄语

唯一能击败你信念的只有你自己。如果你知道去哪里，那么全世界都会为你让路。

苦难天才

流 沙

有一个人，一生落魄，孤独而又自卑地生活在自己构建的王国里，得不到别人的任何承认。

28岁的时候，他爱上了表姐，一个刚刚守寡的孕妇。为了表达对她的爱意，他把自己的手掌伸进熊熊的炉火中，以致严重受伤，差点残废。

可那位表姐不理解他这种独特的表达爱情的方式，拒绝了他。为此他差点走上绝路。

有一次，他跟着朋友到欢场，因为没有 5 法郎，被拒之门外。一个叫拉舍尔的女人对他说："你没有钱，为什么不把耳朵割下来代替呢？"

他回到家，取刀真的把耳朵割了下来，用布包好送到拉舍尔的面前。小镇上的居民都以为他是疯子，甚至要求市政府把他关进疯人院。

他喜欢作画，而且是个天才的画家。但是，没有一个人能读懂他的画，知道他的画的价值。他的画只能在兄弟的小画廊里寄售，几年来，没有售出一幅画。那位管理小画廊的兄弟差点被老板炒了鱿鱼。

他一生大概只售出过一幅画，题目叫作《红色的葡萄园》，价值是400法郎。

这幅画是他的兄弟和朋友为了帮助他而买下的。

他最大的希望是能找一家咖啡馆展出自己的作品，可是，到死也没有一家咖啡馆愿意展出他的画。

在绝望中，他朝自己的腹部开了一枪，却不足以致命。他对赶来的医生说："看来，这次我又没有干好。"

他死在绝望和旷世孤独中，他的安葬仪式也极其简单。

他就是伟大的画家凡·高，他的成就现在无人能及。现在他的每一幅画都价值连城，他的出生地荷兰、安息地法国都争相把他当作自己的国民，他的画在巴黎、伦敦、荷兰的博物馆都有收藏，并且都被放在最显著的位置。

为什么上苍如此亏待他？造就了他的天才，却没有造就出欣赏他的人？是一个天才的产生需要搭配相应的苦难？天才至极，也就是苦难至极，上帝在冥冥之中的那双手，难道早已计算好了，一切尽在他的掌握之中？

心灵 寄语

这个世界没有上帝，天才的困苦还是来自于那个不理解他的残酷社会。凡·高用自己的生命见证了那个没有爱的社会。这一幅幅用他鲜血和眼泪染成的画，就是对那个社会很好的讽刺。一个人的画要等到死后才被认可，继而被狂热追捧，这是何等可悲的社会。

捷径与弯路

吉田直哉

美国的哈佛大学要在中国招一名学生，这名学生的所有费用由美国政府全额提供。考试结束了，有30名学生成为候选人。

考试结束后的第10天，是面试的日子。30名学生及其家长云集上海的锦江饭店等待面试。当主考官劳伦斯·金出现在饭店的大厅时，一下子被围了起来。他们用流利的英语向他问候，有的甚至还迫不及待地向他作自我介绍。这时，只有一名学生，不知是站起来晚了，还是什么别的原因，总之，没来得及围上去。

正当他站在那儿，不知如何是好时，他看到劳伦斯·金的夫人被冷落一旁，于是就走向前去和她打招呼。他没有作自我介绍，也没有打听面试的内容，而是问她对上海的感觉。就在劳伦斯·金被围得水泄不通，不知如何招架的时候，他们两人在大厅的一角，却聊得非常投机。

这名学生在30名候选人中，成绩不是最好的，可是，最后他被劳伦斯·金选中了。这件事在中国曾经引起不小的震动。有的说，他太幸运了；有的说，他太有计谋了；还有的说，劳伦斯·金简直是个傻偪。然而，不论世人如何看待这件事，在这个世界上有这么一种现象，谁都无法否认和忽视，那就是：当捷径上人满为患的时候，不妨绕点儿弯路，这样也许能更快地到达目的地。

心灵寄语

　　一个成功的人主要应该学会的就是审时度势。

只看自己有的

佚 名

有一个叫黄美廉的女子，自小就患上脑性麻痹症。此病状十分惊人，因肢体失去平衡，手足会时常乱动，口里念叨着模糊不清的词语，模样十分怪异。这样的人在常人看来，已失去了正常生活的能力，更别谈什么前途与幸福。

但黄美廉硬是靠她顽强的意志和毅力，考上了美国著名的加州大学，并获得了艺术博士学位。她靠手中的画笔，抒发着自己的情感。

在一次讲演会上，一个中学生竟然这样提问："黄博士，你从小就长成这个样子，请问你怎么看你自己？"

在场的人都责怪这个学生不敬，但黄美廉却十分坦然地在黑板上写下了这么几行字："一、我好可爱；二、我的腿很长很美；三、爸爸妈妈那么爱我；四、我会画画，我会写稿；五、我有一只可爱的猫；六、……"

最后，她以一句话作结论："我只看自己有的，不看我没有的！"

心灵寄语

当自身有缺陷时，不必太在意，去发掘自己的特色和优点，看好自己，这样你才会快乐。

生命的角色

每个人都应该分清自己的角色，应该在恰当的时候扮演恰当的角色，那样才会绽放你最强烈的光芒。

生命的价值

小 羽

在一次讨论会上，一位著名的演说家没讲几句开场白，手里却高举着一张20美元的钞票，面对会议室里的200个人，他问："谁要这20美元？"

一只只手举了起来。

他接着说："我打算把这20美元送给你们中的一位，但在这之前，请准许我做一件事。"

他说着将钞票揉成一团，然后问："谁还要？"

仍有人举起手来。

他又说："那么，假如我这样做又会怎样呢？"

他把钞票扔在地上，又踏上一脚，并且用脚碾它，尔后他拾起钞票，钞票已变得又脏又皱。

"现在谁还要？"

还是有人举起手来。

"朋友们，你们已经上了一堂很有意义的课。无论我如何对待那张钞票，你们还是想要它，因为它并没有贬值，它依旧值20美元。人生路上，我们会无数次被自己的决定或碰到的逆境击倒、欺凌甚至碾得粉身碎骨。我们觉得自己似乎一文不值。但无论发生什么，在上帝的眼中，你们永远不会丧失价值。在他看来，肮脏或洁净、衣着整齐或不整齐，你们仍然是无价之宝。"

心灵 寄语

　　一个人生下来就注定是有价值的，关键在于你是怎样看待的。

赞美是最大的仁慈

佚 名

一位热爱音乐的年轻人，在音乐创作的道路上摸索了许久，进步却很小。他经常怀疑自己是否有音乐天赋，对未来的前途感到十分迷茫。为此，他去拜访了大作曲家柏辽兹，希望这位大师能为他指点迷津。

年轻人演奏了一首自己创作的曲子后，诚恳地问："柏辽兹先生，您认为我适合从事音乐创作吗？"

柏辽兹听他弹奏的时候就已经做出了判断，这个年轻人的演奏虽然很熟练，却缺少某种灵气，很显然，他对音乐的理解还停留在很浅的层次，而且不懂得将技巧和灵感自然地融合在一起。

一个学过多年音乐创作的人，仅仅达到这个水准，显然是缺少天赋的。因此，柏辽兹坦率地说："年轻人，我毫不隐瞒地对你说，你根本没有音乐才能。我之所以这么快对你下结论，是为了让你趁早放弃，另寻出路，免得浪费时间。"

这个年轻人一听，觉得大师的话正好证实了自己的疑惑。他大失所望，带着羞愧不安的心情起身告辞。

看着年轻人失落的背影消失在门口，柏辽兹感到有些懊悔，他觉得自己的话对这个年轻人的自尊心和自信心是一个很大的打击。

再说，纵然一个人的天赋有所欠缺，但他可以用勤奋来弥补，即使达不到极高的境界，也会有所作为的，为什么要叫人家放弃呢？因此，他决定采取补救措施，唤起青年人的自信。

柏辽兹打开窗户，看见那个青年人正垂头丧气地走在街道上。他从窗口探出头，叫住青年人说："我不改变刚才对你的评价。但是，我有必要补充一句：大师们当年对我也是这么说的。记住，你和我当年一模一样，是的，一模一样！"

青年人听后，顿时精神振奋，重新树起了信心。多年后，他经过刻苦努力，终于成为一个知名的作曲家。

心灵 寄语

当一个人由于没有把握而缺乏自信时，赞美和鼓励会成为他努力的力量，因为他得到了认可，赞美能使白痴变成天才，而否定和讽刺也可能让一个原本是天才的人变成白痴。

生命的角色

流 沙

电视台的一个节目，请来的是一位打铁匠，胡子拉碴的。第一次面对镜头，他立在台上手足无措，很憨很淳朴。

他要模仿世界著名的男高音歌唱家帕瓦罗蒂，主持人说他在当地是著名的打铁匠，也是著名的歌唱家。

本来预料让一位农民唱《我的太阳》是一个喜剧，但我错了。

主持人让他唱一段。他脸上的神色一闪，刚才的憨笑和失调的动作一扫而空。音乐响起，立于台中的他竟然有七分粗犷、三分艺术效果，令人不由得为之叫好。

《我的太阳》的歌声从他的体内发出，竟然辨不出真伪。再看他，依然十分陶醉，全身心地投入到了音乐之中。这哪是一个农民，又哪是一位干粗活的打铁匠，分明是一位不修边幅的艺术家呀！他的表情是如此的丰富，声音是如此具有感染力，全身每一个部位仿佛都与音乐有关。

一曲罢了，台下掌声一片。

他说，前些天感冒了，否则会唱得更出色。说完这句话后，他又现出了局促不安的模样，两只手也不知如何安放才好。

我想这位打铁匠的生命大概有两种形式：一是打铁，二是音乐。打铁的时候，能够看到一个男人的力量和血性的张扬；唱歌时，能看出他的灵魂、他的情感、他的喜怒哀乐。没有了这两样，他可能就与别人没有任何区别了。

不论你在社会上扮演何种角色，一旦脱离了自己的角色，我们就都成了普通的俗人。

没有一个人可以扮演一个角色到底，这对谁都一样。

心灵 寄语

每个人都应该分清自己的角色，在恰当的时候扮演恰当的角色，那样你才会绽放出最强烈的光芒。

剃 头 匠

覃 旭

  开始人们只是觉得剃头匠古板：永远理那种过时的发型，永远用那套老锈的工具，永远把摊子摆在街尾的一棵大树下，永远比同行少收5角钱。自从他定期为癫仔理发后，人们又觉得他古怪：龌里八龊臭烘烘的一个癫仔，剃头匠怎么愿意每个月帮他理一次发呢？他不怕把其他客人吓跑吗？

  癫仔具体是什么时候来，从什么地方来，人们不知道，只记得他出现的大概时间和他当时的模样：长长乱乱的发须，被厚厚的灰尘黏结得像枯草，浑身上下包括那条看不出原色的短裤都是油腻的土黑色，让人一见就反胃、厌恶甚至害怕。他沿街找吃的，一靠近摊点和门面，就被主人不择手段地轰开。

  只有剃头匠例外。一天傍晚，收摊之前，他很随意地对刚好觅食过来的癫仔说："阿弟，来，帮你理个美美头。"癫仔居然配合。剃头匠以他永远一丝不苟的神态完成在癫仔头上的作业，比平时费了更多的时间。癫仔扛着全新的头脸在街上往来，人们眼睛为之一亮：没想到癫仔那么年轻那么秀气！他为什么变癫，人们很少议论，而是更多地议论剃头匠：帮癫仔理发，他是不是也有点癫？

剃头匠的生意没有因为给癫仔理发而冷淡，回头客照样来。但他们也有疑惑。这天，一个老主顾忍不住问："你为什么帮那个人渣理发？对你有什么好处？"剃头匠答非所问："他一不偷，二不抢，三不嫖，四不赌，五不吸毒，六不贪污，七不受贿，怎么算是人渣？"老主顾一时无语，因为原镇长刚因嫖娼和贪污被捕，搞得全镇沸沸扬扬，居民普遍骂他为"人渣"。剃头匠又说："他原来的头发难看，理了之后清爽，难道你不这样认为？"老主顾说："那当然！"

老主顾在随后与街坊的闲谈中多次提到这些。有心人听了想：可不是嘛，癫仔没做坏事，而且样子确实比以前清爽。后来，癫仔那条连最该遮的地方都没遮住的破短裤被一条虽然陈旧却干净完整的裤子换掉了。有人把剩余的饭菜专门装好摆在街边，等癫仔来拿。癫仔肌肉渐渐丰满，体形匀称，人们的议论就带有惋惜了：如果不癫，他也许是个很能干的人哩。

突然有一夜，癫仔消失了。第二天，镇干部和学生把街道打扫得空前干净。第三天，镇上来了一个上级检查团。

癫仔重回镇上的时候，没人记得过了多长时间。他和初来时一样脏，比那时瘦。剃头匠又为他理了发须。他原先饱满的头脸凹陷明显，到处见骨头，步伐轻浅无力。他一天比一天衰弱，躺在路边的时间越来越比找食吃的时间长。

有一天，镇政府来人告诉剃头匠："癫仔死了。"

正在理发的剃头匠手停了一下，没看来人，然后继续理发，冷冷地说："一条人命。"

来人说："你对他最好，想请你找人去处理。"

剃头匠说："我没闲空。"

来人说："费用我们负责。"

剃头匠说："我没闲空。"

来人说："怪了，平时对他那么好，人家死了你反而无动于衷！"

剃头匠淡淡地说："我只做能做、该做的事。如果人人都做了能做、该做的事，天下就太平了。"

心灵寄语

很多时候一个人的力量只够做好自己本分的事，只有整个社会充满爱才能更好地帮助弱者。

只要行动就有奇迹

柳小洪

　　曾亲眼目睹两位老友因车祸去世而患上抑郁症的美国男子沃特，在无休止的暴饮暴食后，体重迅速增加到了无法自抑的地步，直线逼近200千克。当逛一次超市就足以让沃特气喘吁吁缓不过劲儿时，沃特意识到自己已经到了绝境，再这么下去，迟早要完蛋。绝望之中的沃特再也无法平静，他决定做点什么。

　　打开年轻时的相册，里面的自己是一个多么英俊的小伙子啊。深受刺激的沃特决定开始徒步美国的减肥之旅，迅速收拾好行囊，沃特带着接近200千克的庞大身躯出发了。穿越了加利福尼亚的山脉，行走了新墨西哥的沙漠，踏过了都市乡村，旷野郊外……整整一年时间，沃特都在路上。他住廉价旅馆，或者就在路边野营。他曾数次遇到危险，一次在新墨西哥州，他险些被一条剧毒眼镜蛇咬伤，幸亏他及时开枪将之打死。至于小的伤痛简直就是家常便饭，但是他坚持走过了这一年。一年后，他步行到达了纽约。

　　他的事情被媒体曝光后，深深触动了美国人的神经。这个徒步行走立志减肥的中年男子，被《华盛顿邮报》《纽约时报》等媒体誉为"美国英雄"，他的故事感动了美国。不计其数的美国人成为沃特的支持者，他们从四面八方赶来，为的就是能和这个胖男人一起走上一段路。每到一个地方，都会有沃特的支持者在那里迎接他。

当他被美国收视率最高的节目之一《奥普拉·温弗利秀》请到现场时，全场掌声雷动，为这个执着的男人欢呼。出版商邀请他写自传，电视台为他拍摄专辑……更不可思议的是，他的体重成功减少了50千克，这是一个多么惊人的数字！

许多美国人称，沃特的故事令他们深受激励，原来只要行动，生活就可以过得如此潇洒。沃特说这一切让他意外："人们都把我看作是一个美国英雄式的人物，但我只是一个普通人。现在我意识到，这是一次精神的旅行，而不仅仅是肉体。"他的个人网站"行走中的胖子"，吸引了无数的访问者。很多慵懒的胖子都开始质疑自己："沃特可以，为什么我不可以？"

徒步行走这一年，沃特的生活发生了巨变。从一个行动迟缓的胖子到一个堪比"现代阿甘"的传奇式人物，沃特用了一年，他收获的绝不仅仅是减肥成功这么简单。放弃舒适的固有生活，做一种人生的改变，人人都可以做到，但未必人人愿意行动。沃特行动了，所以，他成功了。

你也是，只要付诸行动，没有什么不可以。勇敢地行动起来，创造自己生命

的奇迹吧。

很多时候人们不是不明白吃苦才能成功的道理，只是他们太聪明了，反复衡量值不值得去做，会不会很辛苦？这样子的后果只能是一事无成。

改变一生的赞美

陈 旭

卡耐基小时候是一个公认的坏男孩儿。

在他9岁的时候,父亲把继母娶进家门。当时他们还是居住在乡下的贫苦人家,而继母则来自富有的家庭。

父亲一边向继母介绍卡耐基,一边说:"亲爱的,希望你注意这个全郡最坏的男孩儿,他已经让我无可奈何。说不定明天早晨以前,他就会拿石头扔向你,或者做出你完全想不到的坏事。"

出乎卡耐基意料的是,继母微笑着走到他面前,托起他的头认真地看着他。接着她回头对丈夫说:"你错了,他不是全郡最坏的男孩儿,而是全郡最聪明最有创造力的男孩儿,只不过他还没有找到发挥热情的地方。"

继母的话说得卡耐基心里热乎乎的,眼泪几乎滚落下来。就是凭着这一句话,他和继母开始建立友谊。也就是这一句话,成为激励他一生的动力,使他日后创造了成功的28项黄金法则,帮助千千万万的普通人走上成功和致富的道路。

在继母到来之前,没有一个人称赞过他聪明,他的父亲和邻居认定:他就是坏男孩儿。但是,继母就只说了一句话,便改变了他一生的命运。

　　卡耐基14岁时，继母给他买了一部二手打字机，并且对他说，相信你会成为一名作家。卡耐基接受了继母的礼物和期望，并开始向当地的一家报纸投稿。他了解继母的热忱，也很欣赏她的那股热忱，他亲眼看到她用自己的热忱改变了他们的家庭。所以，他不愿意辜负她。

　　来自继母的这股力量，激发了卡耐基的想象力，激励了他的创造力，帮助他和无穷的智慧发生联系，使他成为美国的富豪和著名作家，成为20世纪最有影响的人物之一。

心灵 寄语

　　常常，一句赞美别人的话会成为他奋斗的力量，会改变他一生的命运。

创新往往最简单

陈 旭

　　人们经常把创新想象得太高深、太神秘、太复杂，并因此阻碍了他们的创新之路。其实创新甚至是伟大的创新往往是最简单的。

　　多年前，有一家酒店的电梯不够用，打算增加一部。于是酒店请来了建筑师和工程师研究如何增设新的电梯。专家们一致认为，最好的办法是每层楼打个大洞，直接安装新电梯。方案定下来之后，两位专家坐在酒店前厅面谈工程计划。他们的谈话被一位正在扫地的清洁工听到了。

　　清洁工对他们说："每层楼都打个大洞，肯定会尘土飞扬，弄得乱七八糟。"工程师瞥了清洁工一眼说："那是难免的。"清洁工又说："我看，动工时最好把酒店关闭些日子。"工程师说："那可不行，关闭一段时间，别人还以为酒店倒闭了呢。再说，那也影响收益呀。""我要是你们，"清洁工不经意地说，"我就会把电梯装在楼的外面。"工程师和建筑师听了这话，相视片刻，不约而同地为清洁工的这一想法叫绝。于是，便有了近代建筑史上的伟大变革——把电梯装在楼外。

心灵 寄语

　　创新并不神秘复杂，只要我们换个角度，用另一种眼光去看待，往往会有新的突破。

只要有一柄斧头

马文秋

　　山里住着一位樵夫，在他的辛苦建造下，终于完成了一间可以遮风挡雨的房子。有一天，他挑了砍好的木柴到城里交货，当他黄昏回家时，却发现他的房子起火燃烧了。

　　左邻右舍都前来帮忙救火，但是因为傍晚的风势过于强大，所以还是没有办法将火扑灭，一群人只能静待一旁，眼睁睁地看着炽烈的火焰吞噬了整栋木屋。当大火终于灭了的时候，只见这位樵夫手里拿了一根棍子，跑进倒塌的屋里不断地翻找着。围观的邻人以为他正在翻找着藏在屋里的珍贵宝物，所以也都好奇地在一旁注视着他的举动。过了半晌，樵夫终于兴奋地叫着："我找到了！我找到了！"

　　邻人纷纷向前，一探究竟，才发现樵夫手里捧着的是一片斧刀，根本不是什么值钱的宝物。

只见樵夫兴奋地将木棍嵌进斧刀，充满自信地说："只要有这柄斧头，我就可以再建造一个更坚固耐用的家。"

心灵寄语

遇到灾难并不可怕，只要你拥有重建家园的想法。

自己才能拯救自己

马文秋

有一个性子特别急的年轻人去拜访一位朋友，他来到朋友家楼下，按响了朋友家的对讲门铃。

门铃响了两声，里面没有动静，他等不及了，就返身回家。

刚刚走了几步，他又觉得这样回去不甘心，于是又返回来重新按门铃。

这一次他还是没有耐心，门铃只响了两下他又等不及了。

但是走了几步，他又返回来了。

这次他刚把门铃按响，还没反应过来是怎么回事，就觉得脖子一凉，浑身上下被冷水浇了个透！

原来朋友一直在家，几次来开门外面都没有动静，他怀疑有人捣乱，就从楼上向下面泼了一瓢冷水，作为报复。

这样去按朋友的门铃会被泼一瓢冷水，那么这么去按命运的门铃，又怎能不被命运浇一瓢冷水呢？

人遇到困难时，往往会求神拜佛，其实不过是种心理反应罢了，而真正能帮助自己的只有自己，唯有自己用心地去克服困难，那才是出路。

我相信你不是那样的人

安东尼

马克是一个德行不好的人，好吃懒做不算，还有偷偷摸摸的习惯，所有人都很讨厌他，因为他借了人钱不还不算，还总是拿去赌博。周围的人几乎没人再借钱给他，即使想做个小买卖他都没有钱。于是他跑到一家远房亲戚家借钱，那是他第一次向她张口，他以为她还不知道自己的底细。

马克很顺利地拿到了钱，在转身要走的一刹那，她叫住了他："曾有人打电话告诉我说你不会还钱，让我不要借给你，但我相信你不是那样的人，也许他们对你有误解。"

在听到这句话之前，他是准备拿这1000美元去赌博的，赢了就吃喝玩乐，输了再找人借。但这句话给了他很大的震动，他没有说话，关上门走了。他离开了家乡，到外地打工去了。

半年后，他的亲戚收到了他从外地寄来的1000美元。

3年后，马克衣锦还乡，把从前欠的钱全部还清了。

心灵 寄语

　　信任是春风，能让枯藤重生；信任是生命的感觉，让你活得有意义。我们常常因获得了别人的信任而充满力量和勇气。

无所事事

安东尼·斯密兹

夏季，当女儿们在屋子里吵闹太久，或者是开始在墙上乱写乱画时，或是在刚吸完尘的地板上撒下一些面包屑时，我就告诉她们去外面玩，这是我从小积累下的经验。每当这时，母亲的声音就在我脑海里回响，我仿佛看见一位英雄的母亲，站在大敞四开的厨房门口，戴着向下滴水的橡胶手套，指着院子对我们大声说话。

我和弟弟从屋子里冲出来，盯着这一片绿色的空旷；隔着纱窗门，她对我们大声命令道："听到教堂钟声就回家。"我和弟弟互相傻傻地看着对方，望了望眼前被太阳晒得如地狱般的旷野，不知所措地对妈妈说："我们没有什么事可做！"妈妈回答说："你们不会自己找点儿事干！"

妈妈这样说的时候，她确实也是这样想的。可是，作为一个现代的家长，如果让我12岁和5岁的女儿们无所事事地待上5分钟，我马上就会感觉心里不安。

她们在草地上嬉戏时，我会想，也许我们应该在一起玩儿捉迷藏的游戏，或者我们可以一起踢足球。我几乎没有细想就加入了她们的游戏行列，把我认为有趣的事强加给孩子们。在天堂里，我的母亲一定在用她那被肥皂水泡得发白的手掌不停地敲打自己的额头：为什么不让她们自己玩儿呢？嫌疑犯有两个：负罪感和恐惧。我和妻子都认为我们把大部分时间都花在工作上了，而且我们认为如果我们不看着孩子们的话，她们就会走丢，永远离开我们。

但是，当我回想起自己的童年时，夏季里无所事事的时光竟变成了最甜蜜的回忆。在我成长的那个北方小镇，一年中只有3个月可以在室外无所事事地玩耍。所以，在我们玩完了抓坏人、到附近山谷探险、用绿苹果打架等各种把戏后，我们就会找一块背阴的地方坐下来，看天上的浮云在眼前一点点飘去，直到父亲从屋子里走出来，大喊一声："我们一起玩儿捉迷藏吧！"如果不是父亲打断我们，我们说不定就会被那天上的白云吸引到另外一个极乐世界去了。

我们没有参加过各种补习班、各种郊游、野营或学习掌握各种体育运动。但是，我们却有时间去梦想，我们可以在平静的日子里，一连几个小时什么都不做，只是坐在那里，望着天空。

那时，不仅小孩子可以无所事事，大人们在星期天也都无所事事。教堂认为这一天是安息日，不用分心去买生活日用品，因为所有的商店在这一天都关门。我们全家一起去教堂，一起吃晚餐，一起躺在草地上，时间就这样悄悄地从我们身边溜走。

最近，在经历了送孩子们去舞蹈班、游泳班和去商店购物的忙忙碌碌的一天后，我在吃晚饭时，发表了一通长篇大论。我郑重声明，我的母亲是正确的。如果孩子们有半天时间什么事情也不做，生活并不会中止，白云还会飘在天空上，孩子们也不需要我去告诉他们，哪一朵云彩像小兔子，哪一朵云彩像小狗。更重要的是，我们每一个人其实都需要一点无所事事。我们应该在每个星期都找出一天时间，什么也不做，而是认真回忆和思考一下我们究竟是谁。

我的妻子建议说，虽然这个世界不会改

变，但我们可以改变自己，我们可以把孩子们从屋子里赶出去，我们可以让她们在外面玩耍，我们可以停下来喘口气，我们可以互相交谈，我们可以认真思索，我们可以在我们的生命里为无所事事留出一定的空间。

如果我们能克服一些困难的话，我们也许能做到这一切。我们也许要学会看着孩子们有时闷闷不乐而不去管，我们也许要接受这样的事实：我们粉刷房子的工程也许永远不会完工……

更重要的是，我们必须让我们自己相信，无所事事有时比百事缠身有更深的意义。百事缠身只能让我们确定一天又一天的内容，无所事事却能让我们思考一天又一天的意义。

心灵 寄语

当你不停地为生活忙碌时，停下来思考一下也许更有意义。

旅　　者

佚　名

　　有一天，辛格和一个旅伴穿越高高的喜马拉雅山脉的某个山口时，他们看到一个躺在雪地上的人。辛格想停下来帮助那个人，但他的同伴说："如果我们带上他这个累赘，我们就会丢掉自己的命。"但辛格不能想象丢下这个人、让他死在冰天雪地之中的情景，于是他决定带这个人一起走。

　　当他的旅伴跟他告别时，辛格把那个人抱起来，放在自己背上。他使尽力气背着这个人往前走。渐渐地，辛格的体温使这个冻僵的身躯温暖起来，那人活过来了。过了不久，那个人恢复了行动能力，于是两个人并肩前进。当他们赶上那个旅伴时，却发现他死了——是冻死的。原来，辛格背着人走路加大了运动量，保持了自身的体温，并和那个人一起抵御了寒冷。

心灵寄语

　　一朵鲜花打扮不出美丽的春天，一只手永远也不可能自己拍响。生命的旅途需要相互扶持、相互帮助。

赢得起，也输得起

千 萍

这是一次残酷的长跑角逐。参赛的有几十个人，他们都是从各路高手中选拔出来的。

然而最后得奖的名额只有3个人，所以竞争格外激烈。

一个选手以一步之差落在了后面，成为第四名。

他受到的责难却远比那些成绩更差的选手多。

"真是功亏一篑，跑成这个样子，跟倒数第一有什么区别？"

这就是众人的看法。

这个选手若无其事地说："虽然没有得奖，但是在所有没得到名次的选手中，我名列第一！"

得奖的只有3个人，也许你不在其中。但是你来了，参与了，那么你也成功了。

把握自己的人生

当我们处于困境时，自信和勇气是我们克服困难的关键因素，只有深信自身的力量，并为之努力坚持，总会有光明照耀。

容人才有机会

小 丑

保罗和杰里是从小一起长大的好朋友。有一天，他们决定离开乡下，去城里发展。他们来到繁华的旧金山，很快被五彩缤纷的世界迷住了，他们决定寻找机遇。

不久，两人幸运地被一家餐馆录取，虽然薪金不高，但总算是在城里落了脚。保罗和杰里一起去餐厅清洗盘子，下班后，一起回到员工宿舍。虽然生活单调，但他们总算是过起了城里人的生活。

有一天，保罗归还了一位富人遗失的包裹，与富人成为朋友，经富人指点，做成一笔生意，发了财。保罗的变化对杰里打击很大，杰里想不通命运之神为什么不青睐自己，偏偏给了保罗机会。如果是别人，也许杰里还不至于如此生气，但保罗与自己朝夕相处，曾经同样的一贫如洗。

每个礼拜日，杰里都要去教堂，在牧师面前，杰里满腹委屈，抱怨自己的不幸和保罗的幸运。

又是一个礼拜日，杰里对牧师说："那个保罗，现在居然开了公司，为什么幸运之神总是帮助他，而一次也不眷顾我？"牧师不理会杰里的痛苦，摇摇头，说："你看到的只是表象，还是等一段时间再说吧。"

杰里以为等一段时间保罗就会倒霉，而幸运之神肯定会眷顾自己。很长一段时间过去了，保罗不但没有倒霉，还开了几家分公司。牧师望着一脸沮丧的杰里，依然面无表情地摇了摇头，说："你看到的只是表象，还是再等一段时间看看吧。"

终于有一天，杰里高兴地跑来告诉牧师："保罗破产了，现在被债主逼得走投无路，成了一名流落街头的乞丐。"牧师望着一脸兴奋的杰里，仍然平静地摇摇头，说："你看到的只是表象，还是再等一段时间看看吧。"杰里非常不解地走了，他想不明白，保罗现在都破产了，牧师为什么还是这么平静？

杰里仅仅高兴了几年，他再次沮丧地跑来，告诉牧师："保罗竟然东山再起，又开起了公司，从一名流落街头的乞丐，又变成了富人。"

这次，杰里没等牧师开口，接着说："我真的是相信命运，保罗居然能从乞丐变成富人，可见，好运从来就没有离开过他。"

牧师叹了口气说："在你的一生中，其实也有很多像保罗一样的机遇，因为你眼里只有别人，将自己弄丢了，所以，连命运之神也找不到你。"

要想命运之神找到你，首先得让自己找到自己，如果只知道一味地将目光注视着别人，你的人生中，除了得到一张看别人演戏的入场券之外，将一无所有。

心灵 寄语

嫉妒是毒药，它在不知不觉间耗光了你的生命。要想有所成就，就应该从别人的成功中吸取经验，而不是无时无刻地嫉妒。

启　示

陆勇强

东部非洲的绿洲上生活着一种美丽的蜥蜴，它们有着色彩绚丽的表皮，太阳出来的时候，它们三三两两地出现在岩石上晒太阳，它们的色彩真的可以醉倒每一个人。

当地居民企图捉到它们，放进自己的器皿中以供欣赏，但再高明的捕猎者都无法实现这个愿望，因为蜥蜴的身手太敏捷了，它们在发觉一丝儿的风吹草动之后，就会像风儿一样溜之大吉。

所以，捕猎者只能猎杀它们。但令人奇怪的是，蜥蜴只要一经猎杀，它们的表皮就会在几秒钟之内黯然无光，最后变成像泥土一样粗糙的东西。

这似乎是给猎杀者的一种惩罚，猎杀者因为贪图美丽而杀害它们，它们却偏偏不给猎杀者以最爱。

在中国东北的原始森林里，也有一种动物像东非的蜥蜴那样有着"报复"心理。它就是麝，麝的身上有一种香，是珍贵的香料，也是上等的中药。麝香只产于雄麝身上，想获得麝香，一般需要猎杀麝。但所有的猎人都知道，麝是一种"聪明绝顶"的动物，只要发现自己的生命出现危险，就会在猎人开枪之前，迅速咬破自己的香囊。

　　自然界真是一个难以穷尽的世界，它总会在某种时候突然给人以某种启示。就像东非的蜥蜴，中国东北的雄麝，它们以自己的方式告诉人们它们之所以存在的理由，以及它们的愤怒和尊严。

　　造物主把智慧赐给人类，可能同时也赐给了动物，所有的生命都应该是平等的。当人类的心智被残忍蒙蔽时，造物主就会给人们某种启示，但可惜的是，很少有人能领悟。

　　虽然我们相信物竞天择，相信弱肉强食，但是这个世间的生命都是有尊严的。不管什么时候，妄想以牺牲他人的生命来达到自己可耻目的的人，都会受到无情的嘲笑。

一只手的力量

张小失

　　中途，一位妇女上了中巴，左手抱小孩儿，右胳膊挽着一袋肉。没有人给她让座，我只好从发动机盖子上站起身，说："将就一下，你坐这里吧。"她感激地笑笑。

　　她显然很疲惫，衣服也不整洁，像是个常做小买卖的。怀中的孩子不过两岁，黑黑的，胖胖的，挺敦实。她将那袋肉放在司机座位后，美美地舒了口气，坐在盖子上，稳稳地抱着孩子。不久，下去几名乘客，车厢空了许多，但仍然没有座位。我无聊地望着外面，耳际是发动机的响声。

　　就在这貌似平静的时刻，忽听司机一声惊叫，车身"嘎——"一扭，差点儿没把我甩出窗外！紧接着，"轰隆"一声，中巴似乎被弹起。我头晕目眩，手下意识地攥紧栏杆，但巨大的惯性仍然将我抛向车后。那时，又是"轰隆"一声，中巴骤然停止。

　　惊魂未定。车内一片哭爹喊娘声。我发现，中巴此刻整个翘了起来，车尾还在地上，而车头却搭上一堵矮墙，车身与地面约成45度夹角！车祸！我忽然记起那个抱孩子的妇女，回头一看，见她左手牢牢地抓着司机座位上的钢丝，右胳膊紧紧抱着孩子，半吊在空中。车门被人打开了，大家鱼贯而出。那个妇女下车时，我想帮她抱一下孩子，她笑道："不用，只是，麻烦你……"她努努嘴，是指掉在座位上的那袋肉。

下车后，我拎着肉找到她，见她正瞅着左手掌：乌青色，渗出血来，显然是钢丝勒的。当我递上肉的时候，她伸出右胳膊接——手腕处光秃秃的！竟然没有右手！

当中巴弹起时，我双手都难以抓住栏杆，而她抱着孩子，居然用一只左手攥住了钢丝——她付出了多么巨大的力量，同时又忍受了多么剧烈的疼痛？

其他乘客围着中巴吵嚷成一片，群情激奋，要追究事故责任人，而那位妇女左手抱小孩儿，右胳膊挽着一袋肉，已默默地走远了。

后来我多次对别人说起这次经历，大伙儿都啧啧称奇，但我没有道出我心中的感慨：这世上拥有两只手的人多的是，而真正有力量者，一只手也就够用了。

心灵寄语

任何平凡的人都有着巨大的力量，其所能表现出来的震撼足以感动世人。

放大你的优点

崔修建

一个穷困潦倒的青年，流浪到巴黎，期望父亲的朋友能帮自己找一份谋生的差事。

"数学精通吗？"父亲的朋友问他。

青年羞涩地摇头。

"历史、地理怎么样？"

青年还是不好意思地摇头。

"那法律呢？"

青年窘迫地垂下头。

"会计怎么样？"

父亲的朋友接连地发问，青年都只能摇头告诉对方——自己似乎一无所长，连丝毫的优点也找不出来。

"那你先把自己的住址写下来吧，我总得帮你找一份事做呀。"

青年羞愧地写下了自己的住址，急忙转身要走，却被父亲的朋友一把拉住了："年轻人，你的名字写得很漂亮嘛，这就是你的优点啊，你不该只满足找一份糊口的工作。"

把名字写好也算一个优点？青年在对方眼里看到了肯定的答案。

哦，我能把名字写得叫人称赞，那我就能把字写漂亮，能把字写漂亮，我就能把文章写得好看……受到鼓励的青年，一点点地放大着自己的优点，兴奋的他脚步也立刻轻松起来。

数年后，青年果然写出了享誉世界的经典作品，他就是家喻户晓的法国18世纪著名作家大仲马。

世间许多平凡之辈，都拥有一些诸如"能把名字写好"这类小小的优点，但由于自卑等原因常常忽略了它，更不要说一点点地放大它了，这实在是人生的遗憾。须知：每个平淡无奇的生命中，都蕴藏着一座金矿，只要肯挖掘，沿着哪怕是微乎其微的一丝优点的暗示，也会挖出令自己都惊讶不已的宝藏……

道理是再简单不过了——许多的成功，都源于找到了自身的优点，并努力地将其放大，放大成超越自己和他人的明显优势……

心灵 寄语

用自身的一些优点来进行自我肯定，增加自己的自信心，于是你就成功了。

我们只是实在

星 竹

南非的德塞公园是在国际上招标建设的，中标的是一家德国的设计院。当时就有非议。建成后，市民们更不满意，找出来许多不尽如人意的地方。

后来南非人再建公园，就不用外国人了。20世纪70年代，南非人自己动手，修建了一个很大的公园——克克娜公园。没想到，两年后南非人的看法却发生了惊人的变化。

在雨季到来时，克克娜公园被大水所淹，而德塞公园却没有一点儿雨水的痕迹。德国人不但为整个公园建了下水道，还垫高了两尺。

克克娜公园在举行集会时，秀丽的公园大门因为过小，造成了安全事故。这时人们才想到德塞公园大门的宽敞方便。而当时人们对德塞公园过大的大门给予了批评，认为它有点儿傻。

几年后，克克娜公园的石板地磨损严重，不得不翻修；而德塞公园的石板地却坚如磐石，雨后如新。而当初因为德塞公园的石板路投资过高，南非人差点儿叫德方停工。当时的德国人非常固执，一定要坚持自己的做法，双方争得脸红脖子粗。当地人曾一度认为，德国人太死板、太愚笨。

现在看来，德国人是对的。德国人在设计时，考虑到了南非的方方面面，包括天气与季节，地理与环境。而南非人自己却没有顾及这些。

德塞公园建完后，多少年没有变样，而克克娜公园总要修修补补，已经花掉了建德塞公园两倍的钱。为此，南非同行曾问德国同行，"你们怎么会这么精明？"德国人回答，"我们只是实在，并非精明。"

心灵 寄语

做一件事情简单，做好一件事情却不是那么容易。只有实实在在地考虑各方面因素，而不是浮夸地追求外表和满足心理，这样才会成功。

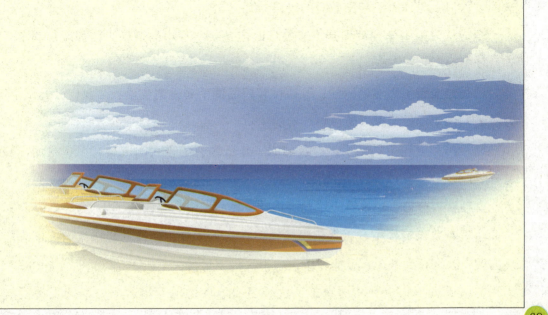

从失败中学到教训

张大若

"我在这儿已做了30年，"一位员工抱怨他没有升级，"我比你提拔的许多人多了20年的经验。"

"不对，"老板说："你只有一年的经验，你从自己的错误中，没学到任何教训，你仍在犯你第一年刚做时的错误。"

不能从失败中学到教训是悲哀的！即使是一些小小的错误，你都应从其中学到些什么。

"我们浪费了太多的时间，"一位年轻的助手对爱迪生说："我们已经试了2万次了，仍然没找到可以做白炽灯丝的物质！"

"不！"爱迪生回答说，"我们的工作已经有了重大的进展。至少我们已知道有2万种不能当白炽灯丝的东西。"

这种精神使得爱迪生终于找到了钨丝，发明了电灯，改变了历史。

错误对我们的损失是否严重，往往不在错误本身，而在于犯错人的态度。能从失败中获得教训的人，就能把错误的损失降至最低。

英国的索冉指出："失败不该成为颓丧、失志的原因，应该成为新鲜的刺激。"有些错误确实会造成严重的影响，所谓"一失足成千古恨，再回头已是百年身"。然而，"失败为成功之母"，没有失败，没有挫折，就无法成就伟大的事业。

　　从失败中汲取教训，往往离成功已经不远了。

把握自己的人生

五指挠

　　一位老教授和他的两个得意弟子，欲进入S溶洞考察。S溶洞在当地人的眼里是一个魔洞，一年四季洞口总是雾气弥漫的。曾经也有胆大的乡下人进去过，但都是一去不复返。

　　在进洞的那一天，数百名群众赶来给他们摆酒饯行，场面颇有些悲壮。他们带上充足的食品和水，当然还有一些必备的探险工具，走进漆黑的溶洞，借着手电筒的光线，一边前行，一边采集石样作为以后研究的资料。

　　当随手携带的计时器显示他们已经在漆黑的溶洞里走过了14个小时零32分钟的时候，仨人的眼睛陡然一亮，一个有半个足球场大小的水晶岩洞呈现在他们面前。他们兴奋得甚至有些疯狂地奔了过去，尽情欣赏、抚摩着那些散发迷人光彩的水晶石。待激动的心情平静下来之后，其中那个负责刻划路标的弟子忽然惊叫起来："老师！刚才我忘记刻箭头了！！"他们再仔细看时，四周竟有上千个大小各异的洞口。那些洞口就像迷宫一样，洞洞相连；他们转了很久，始终没找到退路。

　　这时候，他的两个弟子都跌坐在地上，失望地对老教授说："不行了！这么多的洞口，我们就是再转上半年也转不出去啊！"老教授在洞口前默默地搜寻着，蓦然，他惊喜地喊道："在这儿有一个标志！！"他的那两个学生"噌"地从地上弹了起来。

果然，在一个洞口旁隐隐能看出，有一个用石灰石画的箭头；他俩认为这一定是前人留下的，便决定顺着标志的方向走。老教授一直镇静地走在他俩前头，每经过一个洞口时，他的两个弟子就会忙着寻找前人留下的路标。然而，每一次都是老教授发现的。

终于，他们的眼睛被强烈的阳光刺疼了，这就意味着他们已经成功地走出了魔洞。那两个弟子竟像孩子似的躺在洞口旁边的土地上，掩面哭泣起来，而后激动地对老教授说："如果没有那位前人，我们也许永远走不出魔洞了。"而此时，老教授却拭了拭眼角，缓缓地从衣兜里掏出一块被磨去半截的石灰石，递到他俩面前，意味深长地说：在没有退路可言的时候，我们唯有相信自己，人生不就是一次最有意义的探险吗？也许当我们为了追寻一个目标，而艰苦跋涉的时候，陡然间会迷失方向，陷入孤独无援的境地。生活往往就是这样奇怪，它在馈送给我们蜜饯的同时，又悄悄在我们面前布下了一个小魔洞，来考验我们的执著与勇气。

对魔洞，我们不能怨天尤人、自暴自弃，唯有在心头点燃一根火柴，点亮人生的希望，并义无反顾地走下去。

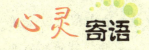

心灵寄语

当我们处于困境，自信和勇气是我们克服困难的关键因素，只有深信自身的力量，并为之努力坚持，总会有光明照耀。

抽烟的欲望

五指挠

有一个时期，美国第一富豪保罗·盖蒂的香烟抽得很凶。

有一天，他度假开车经过法国，那天正好下着大雨，地面特别泥泞，开了好几个钟头的车子之后，他在一个小城里的旅馆过夜。吃过晚饭他回到自己的房里，很快便入睡了。

盖蒂凌晨两点钟醒来，要抽一支烟。打开灯，他自然地伸手去找他睡前放在桌上的那包烟，却发现是空的。他下了床，搜寻衣服口袋，结果也毫无所获。

他又搜索他的行李，希望在其中一个箱子里，能发现他无意中留下的一包烟，结果他又失望了。他知道旅馆的酒吧和餐厅早就关门了，心想，这时候要把不耐烦的门房叫过来，太不堪设想了。他唯一能得到香烟的办法是穿上衣服，走到火车站，但它至少在六条街之外。

情景看来并不乐观。外面仍下着雨，他的汽车停在离旅馆尚有一段距离的车房里，而且，别人提醒过他，车房是在午夜关门，第二天早上六点才开门。而且能够叫到计程车的机会，也将等于零。

显然，如果他真的要抽一支烟，只有在雨中走到车站。但是抽烟的欲望不断地侵蚀着他，并越来越浓厚。于是他脱下睡衣，开始穿上外衣。衣服都穿好之后，伸手去拿雨衣时，他突然停住了，开始大笑，笑他自己。他突然体会到，他的行动是多么不合乎逻辑，甚至荒谬。

盖蒂站在那儿寻思，一个所谓的知识分子，一个所谓的商人，一个自认为有足够理智对别人下命令的人，竟要在三更半夜，离开舒适的旅馆，冒着大雨走过好几条街，仅仅是为了得到一支烟。

盖蒂生平第一次注意到这个问题：他已经养成了一个不可自拔的习惯，他愿意牺牲极大的舒适，去满足这个习惯。这个习惯显然没有好处，他突然明确地注意到这点，头脑很快清醒过来，片刻就作了决定。

他下定了决心后，把那个仍然放在桌上的烟盒揉成一团，丢进废纸篓里。

然后他脱下衣服，再度穿上睡衣回到床上。带着一种解脱，甚至是胜利的感觉，他关上灯，闭上眼，听着打在门窗上的雨点。几分钟之内，他进入了一个深沉、满足的睡眠中。

自从那天晚上后他再也没抽过一支烟，也没有了抽烟的欲望。

心灵 寄语

一个人想控制自己的欲望有时候很简单，当你心神凝定仔细去想这种欲望会给自己带来什么、造成什么影响，那么你可能会是下一个保罗。

一片叶子拥有树

佚 名

一片叶子在拥有一棵树之前，先拥有着阳光和信心。

一位美国大学毕业生疾奔进加州报馆问经理："你们需要一个好编辑吗？""不需要。""记者呢？""也不。""那么排字工、校对员呢？""不，我们现在什么空缺也没有。""那么你们一定需要它了。"大学生从包里掏出一块精致的牌子，上面写着："额满暂不雇用。"

结果，这位年轻人被留下来干该报馆的宣传工作。他从未怀疑他这片叶子最能风光大树。

在深圳人才市场门口，有一位来自江西的大学毕业生，长而蓬乱的头发透露出求职谋生的不顺。可他达观："来这儿的好些知识分子对人才市场的位置设在肉菜市场上，心理不平衡。为什么要那么看重形式呢？人才也是特殊商品，就得让买卖双方挑挑拣拣，让大家都有机会选择最佳契合。为了适合环境，我已调整了择业方向，今天也已找到了一份工作，先干起来再说。"这位小伙子明白，要想绿满枝头，先要萌生枝头。在当今深圳，有许多建基立业的青年，在初闯特区时，除了激情，曾不名一文。

　　与西方青年相比，中国青年在求职、创业方面，似乎还缺少些自信与变通。可喜的是，飞速发展的商品经济社会正教会我们所缺少的东西。这一过程会布满痛苦，但也不乏幽默。我们何妨好运时揶揄自己一下，厄运时调侃自己一番，只是不要无为地静候下一个伤口。一片叶子只有一个季节，在这一个季节里，它完全可以是树的主人。所谓年轮便是由季节的叶子填写的。

　　"人生下来不是为了被打败的。"海明威隔着两万海里重洋说。"天生我材必有用。"李白隔着一千年的山丘说。

　　不只是一种精神状态，也是一种生存实践——一片叶子拥有树。

　　只有满怀信心的人，才能得到生活的幸福，才能实现自己的理想。

拿出勇气

佚 名

19世纪，在英国的名门公立学校——哈罗学校，常常会出现以强凌弱、以大欺小的事情。

有一天，一个强悍的高个子男生，拦住一个新生，颐指气使地命令他替自己做事，新生初来乍到，不明白其中"原委"，断然拒绝。高个子恼羞成怒，一把揪住新生的领子，劈头盖脑地打起来，嘴里还骂骂咧咧："你这小子，为了让你聪明点，我得好好开导你！"新生痛得龇牙咧嘴，却并不肯乞怜告饶。

旁观的学生或者冷眼相看，或者起哄嬉笑，或者一走了之。只有一个外表文弱的男生，看着这欺凌的一幕，眼里渐渐涌出了泪水，终于忍不住嚷起来："你到底还要打他几下才肯罢休？"

高个子朝那个又尖又细的抗议的声音望去。一看也是个瘦弱的新生，就恶狠狠地骂道："你这个不知天高地厚的家伙，问这个干吗？"那个新生用含泪的眼睛盯着他，毫不犹豫地回答："不管你还要打几下，让我替他忍受一半的拳头吧。"

高个子看着他的眼泪，听到这出人意料的回答，不禁羞愧地停住了手。

从这以后，学校里反抗恶行暴力的声音开始响亮，帮助弱者的善举也逐渐增多，两个新生也成了莫逆之交。那位被殴打的少年，深感爱与善的可贵，后来成为英国颇负盛名的大政治家罗伯特·比尔。挺身而出，愿为陌生弱者分担痛苦的，则是扬名全世界的大诗人拜伦。

人生途中，我们也需要像拜伦一样，在别人只是畏惧地逃避，或幸灾乐祸地观看时，能够拿出罕有的勇气，为了善，为了爱，也为了启迪和震撼那些冷漠的心灵。

心灵 寄语

社会的冷漠需要人们用勇气和关爱来打破，那些冷漠的人们只有当犯罪临到他们时才懂得。为什么不早点儿拿出勇气来面对呢？不然也许明天就轮到你了！

永不放弃希望

曾奇峰

在马来西亚的一个国际心理学会议上，我认识了一个朋友，他向我大力推荐他所创立的积极心理治疗理论。

他讲他所做过的一个试验：他将两只大白鼠放入一个装了水的器皿中，它们会拼命地挣扎求生，所能维持的时间为 8 分钟左右。然后，在同样的器皿中放入另外两只大白鼠，在它们挣扎了 5 分钟后，放入一个可以使它们爬出来的跳板，结果两只大白鼠得以活下来。若干天后，再将这对大难不死的大白鼠放入同样的器皿，结果令人大为吃惊：它们竟可以坚持24分钟，三倍于一般情况下能够坚持的时间。

这位朋友总结说：前面的两只大白鼠，是凭自己本来的体力挣扎求生；而有过逃生经验的大白鼠却多了一种精神力量，它们相信在某一个时候会有个跳板救它们出去，这使它们能够坚持更长的时间。这种精神力量，就是积极的心态，或者说是内心对一个好的结果存有希望。

当时，我心里想着那两只大白鼠，总觉得不是滋味，就略带反感地对他说，有希望又怎么样，最后它们还不是死了。出乎我的意料，这时，他告诉我：

"不，它们没有死。在第24分钟时，我看它们实在不行了，就把它们捞出来了。"

我问："你为什么要那么做？"

他说："因为有积极心态的大白鼠有价值，更值得活下去。我们人类应尊重一切希望，哪怕是大白鼠内心的希望。"

希望就是力量。在很多情形下，希望的力量可能比知识的力量更强大，因为只有在有希望的背景下，知识才能被更好地利用。一个人，即使他一无所有，只要他有希望，他就可能拥有一切；而一个人即使拥有一切，却不拥有希望，那就可能丧失他已经拥有的一切。

心灵 寄语

希望就是一把钥匙，开启你生命的辉煌。很多时候人们活下去的信念就是因为希望。请尽量给人希望也给自己希望。

生命没有过渡

碧 巧

　　大学时，一位老师谈起他在德国的留学生活。老师一本正经地说："在德国，因为学制还有一些适应问题，有些人一待就会待上10年才能拿到博士学位。"我惊愕地张大了嘴巴："啊！那么久啊。"对于才20岁的我而言，10年，不就是生命的一半吗？

　　老师笑了笑："你为什么会觉得那么'久'呢？"

　　我说："等拿到学位回国教书或工作，都已经三四十岁了呢！"

　　老师说："就算你不去德国，有一天，你还是会变成'三四十岁'，不是吗？"

　　"是的。"我答道。老师停了停，又接着问："你想通了这个问题的含义了吗？"我不解地看了看老师。

　　"生命没有过渡，不能等待，在德国的那10年，也是你生命的一部分啊！"老师语重心长地说……

　　那一段对话，对我的影响深入骨髓，教会我一个很重要的生活哲学和价值观。前一阵子工作忙碌，好友问我："你到底要忙到什么时候呢？"

"我应该忙到什么时候或者说到什么时候才不会忙碌呢？"我反问。

对我而言，忙碌不是我生命的"过渡阶段"，而是我最珍贵的生命的一部分。很多人常常抱怨："工作太忙，等这阵子忙过后，我一定要如何如何……"于是，一个本属于生命一部分的珍贵片段，就被打发成一种过渡与等待。"等着吧！挨着吧！我得咬着牙度过这个过渡时期！"当这样的想法浮现时，我们的生命就因此遗落了一部分。"生命没有过渡，不能等待。"这时，老师的话就会清晰地浮现在我的耳边。所以，我总是很努力地让自己喜欢每一个生命阶段，每一个生命过程，因为那些过程本身就是生命，不能重复的生命。

心灵 寄语

让生命的每个时段都过得灿烂辉煌，从而没有遗憾，没有后悔。人生的意义在这里得到发扬。

命运要靠双手去改变

采 青

　　哥哥每天老是打发弟弟到田间种地，而他自己却到财神庙里烧香叩头，祈求财神保佑他快点儿富起来。庙里的财神见他天天叩头拜请，感到十分可笑，决定戏弄一下他，进而点拨点拨他。

　　有一天，哥哥又在财神庙里烧上了香，刚要跪下，财神就变成弟弟的模样，也来到了财神庙。哥哥一见弟弟进来，就生起气来，训斥说："你不去好好种地，跑来这里干什么呀？"弟弟却坦然回答："哥哥，你天天在财神庙烧香叩头，祈请财神大发慈悲，保佑你能发大财。我也想发大财，所以也来叩头烧香啊！"

　　哥哥板起面孔厉声说："你不去种地，不去播种，以后哪来的收获呀？"弟弟听了，好像恍然大悟似的回答说："啊！原来是一定要播下种子才能有收获呀！那么，哥哥你为了发财，播下了什么种子呀？"弟弟这句话把哥哥噎住了，一句话也说不出来。

　　这时财神现出了原形。哥哥多少年来叩头烧香，今天终于真的见到了财神。但是财神给他带来的不是财富，而是几句充满哲理的话："你要真想发财，现在我就可以告诉你，天上不会掉黄金。如果不付出代价，求助于再多的神灵保佑，最终还是一无所获。"

心灵寄语

神灵是不会将财富随便给人的，只有勤奋的人才能得到他的眷顾，而这个神灵就是你自己。

绊脚石和垫脚石

慕 菡

一个走夜路的人碰到一块石头上，他重重地跌倒了。

他爬起来，揉着疼痛的膝盖继续向前走。

他走进了一个死胡同。

前面是墙，左面是墙，右面也是墙。

前面的墙刚好比他高一头，他费了很大力气也攀不上去。

忽然，他灵机一动，想起了刚才绊倒自己的那块石头，为什么不把它搬过来垫在脚底下呢？想到就做，他折了回去，费了很大力气，才把那块石头搬了过来，放在墙下。

踩着那块石头，他轻松地爬到了墙上，轻轻一跳，他就越过了那堵墙。

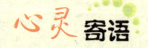
心灵 寄语

聪明的人往往会在逆境中把事物转化为对自己有利的因素，从而获得成功。

宽　容

　　宽容是人的一种美德，当一个人做错时，如果他的心是真诚的，我们应当去宽容他。宽容是让爱充满在自己的周围，能使世界越来越美好。这个世界上有些人就是因为没有得到宽容而走上了不归路。

命运在推与不推间游走

碧 巧

　　国王决定从他的10位王子中选一位做继承人。他私下吩咐一位大臣在一条两旁临水的大道上放置了一块"巨石"，任何人想要通过这条路，都得面临这块"巨石"，要么把它推开，要么爬过去，要么绕过去。然后，国王吩咐王子们先后通过那条大路，分别把一封密信尽快送到一位大臣手里。王子们很快就完成了任务。国王开始询问王子们："你们是怎么把信送到的？"

　　一个说："我是爬过那块巨石的。"

　　一个说："我是划船过去的。"

　　也有的说："我是从水里游过去的。"

　　只有小王子说："我是从大路上跑过去的。"

　　"难道巨石没有拦你的路？"国王问。

　　"我用手使劲一推，它就滚到河里去了。"

　　"这么大的石头，你怎么想用手去推呢？"

　　"我不过是试了试，"小王子说，"谁知我一推，它就动了。"

　　原来，那块"巨石"是国王和大臣用很轻的材料仿造的。自然，这位敢于尝试的王子继承了王位。

心灵 寄语

　　不要被事物表面的现象迷惑了，很多事情如果不亲身经历过是不能了解的。

生命需要赞美

采 青

　　艾迪是个性格孤僻，不求上进，不讨人喜欢的小男孩儿。他总是穿着脏兮兮、皱巴巴的衣服，头发从来都不梳理，一张脸上毫无表情，两只眼睛也像玻璃球似的，呆滞无光。他的眼神总也不能集中，上课的时候总是分神。每次当他的老师珍妮小姐和他说话时，他总是用最简单的两个词"是"或者"不是"来回答。

　　虽然老师们常说他们对待自己的每一个学生都是一视同仁，都给予了相同的爱，但是就连珍妮小姐都觉得艾迪是个不讨人喜欢的小男孩儿，对他缺少关心。

　　圣诞节的时候，珍妮小姐收到了许多礼物，其中就有艾迪送的，那是一个用褐色印着花纹的包装纸包起来的盒子。盒子外面的缎带上写着："送给珍妮小姐。"

　　当珍妮小姐打开盒子的时候，有两件东西从里面掉了出来，那是一对普通的手镯，另外一件是瓶廉价的香水。

　　其他同学见状，不禁议论纷纷，他们嘲笑艾迪送如此可笑的礼物给美丽的珍妮小姐，但是，珍妮小姐马上戴上了这对手镯，并洒了一些香水在手腕上，然后她伸出手臂让学生们闻了闻，并问："怎么样？这香水是不是很好闻，很香啊？"刚才的嘲笑声没有了。这时珍妮小姐注意到，艾迪脸上露出一丝难得一见的微笑。

那天放学以后，大家都走了，只剩下艾迪。他缓慢地走到珍妮小姐身旁，轻声说："珍妮小姐，我妈妈的手镯戴在您的手上真的很漂亮。我很高兴您能喜欢我送的礼物。"

看着艾迪渐渐走远的背影，珍妮小姐的眼眶忽然有些湿润了，她为自己以前对艾迪的态度感到非常内疚。

圣诞节之后的珍妮小姐简直就像是换了一个人，像一个美丽的天使。她帮助所有的孩子，特别是那些愚钝的学生，尤其是艾迪。

终于，在那一学期结束的时候，艾迪的学习成绩赶上了大多数同学，甚至还超过了一些人。

"没有教不好的学生，只有不会教的老师。"珍妮小姐想起了这句话。

心灵 寄语

赞美别人，是一种气度，是一种理解，是一种美德，更是一种境界。

细化自己的特长

冷薇

在美国耶鲁大学的入学典礼上，校长每年都要向全体师生特别介绍一位新生。去年，校长隆重推出的，是一位自称会做苹果饼的女同学。大家都感到奇怪：怎么只推荐一个特长是做苹果饼的人呢？最后校长自己揭开了谜底。原来，每年的新生都要填写自己的特长，而几乎所有的同学都选择诸如运动、音乐、绘画等，从来没有人以擅长做苹果饼为卖点。因此，这位同学便脱颖而出。

这真是一位聪明的学生。我想，如果当初她填上"擅长厨艺"，结果会怎样？肯定不会像"做苹果饼"这么打动人心。其实，那些填写运动、音乐、绘画的，可能也就是会打打羽毛球、吹吹口哨或者画几笔素描。但是，他们不敢那样写，非要用一个大而笼统的概念把自己的特长掩盖起来。细细打量，这背后更多的是心虚。而细化自己的特长，则显示出一种天真的可爱和拙朴，同时也是一种自信。我的一位朋友在求职时，在简历"有什么特点"一栏中写道："说谎时容易脸红。"这比起那些自称"从不说谎"的人来，要真诚得多。有些特长虽然不伟大，不高贵，但是它照样可以让我们享受一生。细化它们，并张扬它们，你的自信便一点一滴地渗透出来。

　　这个聪明学生的聪明之处不在做苹果饼上，而在她"推销"自己的方式上。

心灵 寄语

　　每个人都有自己的特长，当你能正确认识到的时候，别人就会注意你的特长。

本色最美

佚 名

20世纪80年代，有位名叫安德森的模特公司经纪人，看中了一位身穿廉价产品不拘小节不施脂粉的大一女生。

这位女生来自美国伊利诺州一个蓝领家庭，唇边长了一颗触目惊心的大黑痣。她从没看过时装杂志，没化过妆，要与她谈论时尚等话题，好比是牵牛上树。

每年夏天，她就跟随朋友一起，在德卡柏的玉米地里剥玉米穗，以赚取来年的学费。安德森偏偏要将这位还带着田野玉米气息的女生介绍给经纪公司，结果遭到一次次的拒绝。有的说她粗野，有的说她恶煞，理由纷纭杂沓，归根结底是那颗唇边的大黑痣。安德森却下了决心，要把女生及黑痣捆绑着推销出去。他给女生做了一张合成照片，小心翼翼地把大黑痣隐藏在阴影里。然后拿着这张照片给客户看，客户果然满意，马上要见真人。真人一来，客户就发现"货不对版"，客户当即指着女生的黑痣说："你给我把这颗痣拿下来。"

激光除痣其实很简单，无痛且省时。女生却说："去你的，我就是不拿。"安德森有种奇怪的预感，他坚定不移地对女生说："你千万不要摘下这颗痣，将来你出名了，全世界就靠着这颗痣来识别你。"

　　果然这女生几年后红极一时，日入3万美金，成为天后级人物，她就是名模辛迪·克劳馥。她的长相被誉为"超凡入圣"，她的嘴唇被称作芳唇（从前或许有人叫过驴嘴呢），芳唇边赫然入目的是那颗今天被视为性感象征的桀骜不驯的大黑痣。

　　有一天，媒体竟然盛赞辛迪有前瞻性眼光。辛迪回顾从前，一次次倒抽凉气，成名路上多艰辛，幸好遇上"保痣人士"安德森。如果她摘了那颗痣，就是一个通俗的美人，顶多拍几次廉价的广告，就淹没在繁花似锦的美女阵营里面。暑期到来，可能还要站在玉米地里继续剥玉米穗，与虫子、蜗牛为伍，以赚取来年的学费。

心灵 寄语

　　人最美的莫过于坚持本色，相信自我。俗话说，金无足赤，人无完人，你越是坚持你自己，相信自己，别人才会愿意和你交往，去欣赏你的风格。

自由最为珍贵

静 松

索尔·贝洛12岁时，住在南卡罗来纳州，他常常把一些野生的活物捉来放到笼子里，而那件事发生后，他的这种兴致就被抛得无影无踪了。

他家在林子边上，每当日落黄昏，便有一群美洲画眉鸟来到林间歇息和歌唱。那歌声美妙绝伦，没有一件人间的乐器，能奏出那么优美的曲调来。

于是，他当机立断，决心捕获一只小画眉，放到他的笼子里，让它为他一人歌唱。

果然，他成功了。它先是拍打着翅膀，在笼中飞来扑去，十分恐惧。但后来它安静下来，承认了这个新家。索尔站在笼子前，聆听他的小音乐家美妙的歌唱，他感到万分高兴。

他把鸟笼放到他家后院。

第二天，小画眉那慈爱的妈妈口含食物飞到了笼子跟前。画眉妈妈让小画眉把食物一口一口地吞咽下去。当然，画眉妈妈知道这样比索尔来喂它的孩子要好得多。看来，这是件皆大欢喜的好事情。

第二天早晨，索尔去看他的小俘虏在干什么，却发现它无声无息地躺在笼子底层，已经死了。他对此迷惑不解，不知发生了什么事，他想他的小鸟不是已得到了精心的照料吗？

那时，正逢著名的鸟类学家阿瑟·威利来看望索尔的父亲，在他家小住。索尔把小画眉那可怕的厄运告诉了他。

阿瑟·威利听后，作了精辟的解释："当一只雌美洲画眉发现它的孩子被关进笼子后，就一定要喂小画眉足以致死的毒莓，它似乎坚信孩子死了总比活着做囚徒好些。"

从此以后，索尔再也不捕捉任何活物来关进笼子里，因为索尔懂得了任何动物都有对自由生活的追求。

心灵 寄语

"生命诚可贵，爱情价更高。若为自由故，两者皆可抛。"像电影《勇敢的心》里华莱士行刑前高呼"自由"那样，多少人为了"自由"就算付出生命都在所不惜。

先要改变内心

雅 枫

兔子是世界上最温驯的动物了，它只吃青草，谁也不伤害。可是，它却被很多动物伤害：狐狸、狼、老虎……这太不公平了！有一天，兔子就向上帝诉苦，它不想再做兔子了，希望上帝改变一下它的命运。

上帝很仁慈，马上答应了兔子的要求："好吧！你想变成什么？"

兔子说："变成一只鸟，在天上自由地飞来飞去，那些狐狸呀狼呀虎呀就再也抓不着我了。"

上帝把兔子变成了鸟。没过几天，鸟又来诉苦："仁慈的上帝呀，我再也不想做鸟了！我们在天上飞，天上的老鹰能抓住我们；我们在树上筑巢，树上的毒蛇能咬死我们。这样的日子实在是太难过了！"

上帝问鸟："你想怎么样呢？"

鸟说："我想变成大海里的一条鱼，海里没有老鹰，没有毒蛇，我才能安心地过日子。"

上帝又把鸟变成了鱼。可是，鱼的处境似乎更糟，因为大海里到处都有"大鱼吃小鱼，小鱼吃虾米"的斗争。过了几天，鱼又要求上帝把它变成人。鱼说：

"人是万物之灵，他们住在坚固的钢筋水泥屋子里，使用着各种先进的武器装备，任什么凶猛的动物都不能伤害他们。相反，那些在山林里威风十足的狮虎，全被他们关在笼子里，供他们观赏取乐，那些蛇呀鹰呀，都成了他们餐桌上的美味……"

上帝把鱼变成了人，心想，这下你该满意了吧！可是，过了不久，人照样来向上帝诉苦："太可怕了！到处都是废墟，我们再也没法儿活了！"原来人类发生了战争，数以万计的士兵在互相残杀，无数的平民流离失所，死于饥饿和寒冷。

上帝问人："你想怎么样呢？"

人说："我想到另一个世界去，你把我变成上帝吧！"

上帝没有答应人的这个要求，他说："上帝只有一个，上帝多了也会打架。"

生命本身就是处于生物链之中，没有永恒的安逸，也没有永恒的顶层。世界不可能如你想象的那么完美，你要学会先改变自己内心的想法。

向上走，向下走

江北风

甲乙两个大学生要到新华书店去买书。

从学校大门出来，两位同学发生了分歧：学校处于两个候车亭之间，且路途差不多。甲要去上边的候车亭，乙要到下边的候车亭。

甲说："向上走，比下一站早上车，意味着少一些竞争，找到座位的可能性要大得多。"

乙说："向下走，与车辆同向，等到车的机会比向上多，边走边等，多好。"

甲说："我宁可少一些上车的机会，也要找个座位享受一番，站着多难受！"

乙说："年轻人，累点算啥！每向下走一步，就离目的地近一点，实在没有班车，我可以步行到书店。"

甲说："怎么可能没车？"

乙说："怎么不可能？"

两人争执不休，谁也说服不了谁，决定各走各的。一会儿，车来了，乙登上车，车上果然没有座位了，而甲正跷着二郎腿，用嘲讽的眼光看着乙……

毕业后，甲挖空心思，留在了城里，钻进一个各方面条件很好的企业；乙则回到了自己生长的地方，在一家小企业里做职工。

几年后，甲乙二人在一个订货会上相遇了，甲虽然还是个普通职员，但西装革履、手机皮包。乙虽然是个副厂长，但衣衫寒酸、土包穷样。甲拍拍乙的肩膀说："向上走，舒服一点；向下走，就得艰苦一点喽！"

又过了几年，很多企业实行改制。无突出贡献和技能的甲被裁减出门，成绩突出、能力超群的乙被公司推为总经理。甲从报上看到一家公司的招聘简章，登门求职遇到了乙。了解了情况后，乙拉着甲的手说："有时候会没有班车的。"

人生的道路上，对目标的追求必须要高，但实现目标的心态必须要低。

我们对待事情的时候，要高瞻远瞩，目光远大，但要放下心来认真去做，相信"前途是光明的，道路是曲折的"。

坚持的力量

刘 沙

有一个孩子，每个人见了他都会烦，包括他的父母。他整天整天哭闹，并且做出吓人的模样，整个身体不停地扭动，没有人能够让他停下来。父母必须24小时照顾他，否则他会破坏家里的一切。他每天只睡3个小时，而且在这3个小时里，还会突然醒来。他的父亲几次想把他送到社会福利院，就是无法下定决心。

孩子6岁的时候，还说不好一句话，连背诵一个单词都十分困难，而且他开始不愿见生人。医生诊断后告诉他父母：可怜的孩子，他得了自闭症。

没有人能教育他，只得求助于康复中心。于是，父亲把他带到一家儿童教养中心。那里的老师也无法管教他，他不停地在课堂上发出尖叫，使其他儿童惊吓不已。他的手在不断地玩东西，一刻也不休息，连睡觉的时候也在运动。

老师说这样的孩子没救了，让他自生自灭吧。有一天，孩子发现了地上有一支水笔，就用它在地上画一道线。然后，他不停地玩着这支水笔，不断地在地上画着线条，没有人阻止他这么干。

第二天起来，他继续画。但是，细心的老师发现了他画的这些线条，惊呼："天哪，他竟然会画画。"

其实，这些线条并不是画，只是一个自闭症儿童能画出圆形、方形的线条足以让人惊讶罢了。

老师再也没有像往常一样夺走他手中的东西，而是在地上铺上白纸，让他在纸上画；又给他不同颜色的水笔，让他尝试着用它们。

这个孩子就一直抓着他的水笔，除了睡觉之外的时间都在作画。没有人知道他，他的世界里只有他和水笔。

10年后，他的画被人拿到了拍卖会上，结果意外地卖出了，而且被许多资深的画家看好。

他就这样一举成名。他的名字叫理查·范辅乐，苏格兰人。他的作品在欧洲和北美展出100多次，已卖出1000多幅，每幅的售价是2000美元。

现在许多人都在感叹一个自闭症患者竟然能成为画家，但谁都忽略了这样一个细节：他眼里没有其他的诱惑和干扰，只有他的水笔，即使在吃饭的时候也还握着它。这有几个正常人能做到？

万事贵在持之以恒。"锲而舍之，朽木不折，锲而不舍，金石可镂。"人生下来就被赋予使命去做什么事情，有了目标和机会，只要坚持不懈，成功就离你不远。

你只有自信

刘 沙

　　有个小男孩儿头戴球帽，手拿球棒与棒球，全副武装地走到自家后院。"我是世界上最伟大的打击手。"他自信满满地说完后，便将球往空中一扔，然后用力挥棒，但却没打中。他毫不气馁，继续将球拾起，又往空中一扔，然后大喊一声："我是最厉害的打击手。"他再次挥棒，可惜仍是落空。他愣了半晌，然后仔仔细细地将球棒和棒球检查了一番。之后他又试了一次，这次他仍告诉自己："我是最杰出的打击手。"然而他第三次的尝试还是挥棒落空。

　　"哇！"他突然跳了起来，"我真是一流的投手。"

　　一个小孩儿聚精会神地在画图，老师问道："这幅画真有意思，告诉我你在画什么？""我在画上帝。""但没人知道上帝长什么样子。""等我画完，他们就知道了。"

　　阿基米德说："给我一个支点，我将撬动地球！"这不是狂妄，是自信，因为他手中有知识这个无穷大的杠杆。巴尔扎克发誓要在文坛上完成拿破仑未竟的伟业，凭的是坚忍不拔的毅力，表现出的也是自信。

心灵寄语

　　自信是优点，是一个人成功的力量。你只有充满自信才有可能克服眼前的困难，才能看到光明的前景。

不需要 "熊的怀抱"

佚 名

　　阿尔韦托的心中充满了欢乐和无限的爱。自从儿子出生以后，一切在他眼中都那么美好，就连树叶落地的声音在他听来都是动听的。所以他决定到森林里去，他想倾听鸟儿的歌唱，享受那里的美。

　　阿尔韦托看到枝头停着一只鹰，这只鹰也刚刚喜得贵子，见阿尔韦托目不转睛地盯着自己看，鹰说："你这是要去哪里呀，好心人？我从你的眼中看到了欢乐。"

　　阿尔韦托回答说："我儿子刚刚出生，从现在开始，我要一直保护着他，让他吃饱，永远不让他受冻；我要满足他的一切需要，每天为他遮风挡雨；我要保证他不受敌人伤害，永远不必为任何事伤脑筋。作为父亲，我会像熊一样强壮，用我有力的臂膀护着他，我会将他抱在怀里，永远不让任何人任何事使他烦恼。"

　　鹰一脸惊愕地听完了这一席话，深深地吸了一口气，说："你仔细听好了，好心人。当我接到大自然要我生育子女的指令时，同时也接受了另一项使命，那就是要建筑一个安全舒适的巢，让它们免受攻击。但我在巢里还放了一些有刺的树枝，你知道为什么吗？当有一天我的孩子们羽翼丰满了，能够飞翔的时候，我就会改变这些舒适的条件——它们不能待在刺上，必须去建自己的巢。整个山谷都将是它们的，只要它们有征服它的愿望并付出自己的努力，有很多鱼的小溪、有很多兔子的草原、整座山，所有这些就都属于它们。

"如果我像熊一样将它们搂在怀里，就会压制它们的理想并埋没它们的愿望；如果破坏了它们的个性，它们就会变得懒散、没有斗志，也没有生活的乐趣。我迟早会为自己犯下的错误而痛哭，因为如果我亲眼看到自己的孩子变成同类的耻辱，我会羞愧难当，我要为我的错误行为吞下苦果，是我让它们无法亲历成功、失败和失误，因为我总想替它们解决所有的问题。"

鹰说："我爱我的孩子胜过一切，但我必须保证自己不成为它们长不大的根源。它们还小，我应该了解它们的优点，但也要知道它们的不足，决不能让它们滥用我对它们的爱。"

鹰说完了，阿尔韦托不知自己该说些什么，因为他仍然很困惑。当他陷入沉思时，鹰飞上了天空，逐渐消失在他的视野里。

阿尔韦托重新打起精神，他只想早点儿回家，用爱拥抱自己的儿子。他想，这次的拥抱只会持续几秒钟，因为孩子需要有伸展拳脚的自由，而不要有一个时刻保护他的"熊"妨碍他。从这一天起，阿尔韦托决心要做世界上最出色的父亲。

心灵 寄语

孟子曰：生于忧患，死于安乐。当人处在安逸的环境下，常常会不思进取，遇到困难也很难克服；人只有处于"忧患"中，才会努力和拼搏。

转化逆境

钱爱民

珍子是日本人，她们家世代采珠，她有一颗珍珠是她母亲在她离开日本赴美求学时给她的。

在她离家前，母亲郑重地把她叫到一旁，给她这颗珍珠，告诉她说：

"当女工把沙子放进蚌的壳内时，蚌觉得非常不舒服，但是又无力把沙子吐出去，所以蚌面临两个选择：一是抱怨，让自己的日子很不好过，另一个是想办法把这粒沙子同化，使它跟自己和平共处。于是蚌开始把它的精力营养分一部分去把沙子包起来。

"当沙子裹上蚌的外衣时，蚌就觉得它是自己的一部分，不再是异物了。沙子裹上的蚌成分越多，蚌越把它当作自己，就越能心平气和地和沙子相处。"

母亲启发她道，蚌并没有大脑，它是无脊椎动物，在演化的层次上很低，但是连一个没有大脑的低等动物都知道要想办法去适应一个自己无法改变的环境，把一个令自己不愉快的异己，转变为可以忍受的自己的一部分，人的智慧怎么会连蚌都不如呢？尼布尔有一句有名的祈祷词说："上帝，请赐予我们胸襟和雅量，让我们平心静气地去接受不可改变的事情；请赐予去改变可以改变的事情的力量；请赐给我们智慧，去区分什么是可以改变的，什么是不可以改变的。"

心灵寄语

　　宽容地对待事物也许会结出灿烂的珍珠。

心安是福

张丽钧

在北戴河海滨，有行走的小贩起劲地兜售贝壳。那是刚刚从大海里打捞出来的各种漂亮彩贝，用塑料袋装着，一袋里面有二十多枚。小贩跟定了我，不停地说："买一袋吧！才30块钱，比零买合算多了！"我禁不住诱惑，俯下身，认真地挑选起来。50块钱，我买了两袋，觉得占了很大的便宜。

但是，不久，我就懊悔了。那可心的"宝贝"渐渐成了压手的累赘。一手一袋，越走越重，累得人连伞都撑不动了。同行的朋友同样手提两袋贝壳，苦笑着对我说："嗨，你还要不要？你要是要，我把这两袋给你。"

在老虎石附近，我看到一个和我们一样手提贝壳的老妇人，她一定也和我们一样为那压手的"宝贝"所累。只见她蹲下来，双手在沙地上挖了个坑，然后就将那几袋贝壳放进了坑里。我和朋友会意地笑起来。朋友忍不住逗她："阿姨，您当着这么多人的面埋藏宝物，不怕被别人偷走吗？"老妇人一边往坑里填土一边快活地说："待会儿我走了你就来偷吧！"

离开了老妇人，朋友对我说："要不，咱也先把这东西埋上，等回来的时候再刨出来。你看咋样？"我坚决不同意，说："跟那个坑比起来，我更愿意相信自己的手。"

接下来，我们租垫子戏水，又打水滑梯。玩这些游戏的时候，我们轮流看护着那几袋沉甸甸的"宝贝"。说实在的，获得宝贝的喜悦渐渐被守卫宝贝的辛苦消磨殆尽。

太阳偏西了，我们疲惫不堪地往集合地点走。路过老虎石的时候，我们不约而同地靠近了老妇人埋宝的地方。朋友笑着说："有三种可能——东西被老妇人拿走了；东西被别人拿走了；东西还在。"我环顾了一下四周，确信没人注意自己，将手里的长柄伞猛地往下一戳，"嚓"的一声，是金属碰到贝壳的声音。"还在！"我和朋友异口同声地喊出声来！

突然间，我心里很黯然很惆怅，我在为自己愚蠢地错失了仿效老妇人卸掉重负的机缘而沮丧。想想看，人在世上漫长的旅程中，最沉重的其实并不是某种外物，而是自己那颗无法安定的心啊。一个巢，心安下来就是家；一个穴，心安下来就是福。想那个老妇人，天真地挖了一个坑，然后心安地把一份天真寄存在里面。这一日，她一定玩得比我们好，她轻松地行走，轻松地戏水。待到她归来刨出她的彩贝，她就可以微笑着为自己的心安加冕；而我呢，我在不心安地奔波劳顿之后，又为自己选择了不心安而难以安心。我的累，源于手，更源于心啊。

一生中人们都在取舍，有取就有舍。没有对错，因为知道对错的时候事情已经结束了，所以做最真实的自己吧！

为什么不再试一次

朱 砂

1892年夏季，暴风雨席卷了美国密苏里平原，肆虐的洪水冲毁了公路、庄稼和农舍，许多人无家可归。

一个瘦弱的小男孩儿穿着布满补丁的破烂衣服，站在农舍外围的高坡上，眼睁睁地看着棕色的河水汹涌而来，漫过河堤，席卷了农田。

洪水卷走了一家人所有的希望，垂头丧气的父亲到当地叫玛丽维尔的银行家那里去请求延期偿还贷款，狠心的银行家却以没收他的全部财产相要挟拒绝了他的请求。沮丧的父亲赶着四轮马车往家走，途经一座桥时，他停下来，扶着栏杆俯身呆望着桥下滚滚的河水。

"爸爸，您还要等谁呢？"小男孩儿疑惑地望着父亲。

父亲没有说话，眼泪簌簌地淌了下来。小男孩儿紧紧地抱住父亲的大腿，似乎要给父亲鼓励和力量。父亲终于重新上路。

不久后的一天，一位演说者到了瓦伦斯堡的集会上演讲，演说者雄辩的技巧、扣人心弦的故事深深地影响了男孩儿。"一个农村男孩儿，无视贫穷，甚至不顾眼前的一切而努力奋斗，他一定会成功的！"演说者说完便问听众："谁将是那个男孩儿呢？"接着他又自答道，"各位女士、先生，你们看看他。"说完演说者的手随便指了一个方向，虽然他只是随便一指，但那男孩儿分明觉得他正指向着自己。从那一刻起，男孩儿发誓要当一名演说家。

然而，笨拙的外表、破烂的衣服和少了一根食指的左手却总是让他在以后相当长的一段时间里都感觉非常的自卑。

有一次，已经是一名师范院校学生的他穿着那件破夹克刚走到台上，就有人喊了一嗓子"我爱你，瑞德·杰克！"紧接着，大家笑成了一团，原来在英语里瑞德·杰克与破夹克是谐音词。还有一次，他讲着讲着竟然忘了词儿，在人们的口哨声中，他汗流满面地站在那里，尴尬至极。

连续12次的演讲失败让他心灰意冷，他甚至对自己的能力产生了怀疑。又一次的比赛结束后，他拖着疲惫的身子往家走，路过一座桥时，他停了下来，久久地望着下面的河水。

"孩子，为什么不再试一次呢？"

不知何时，父亲已经站到他的身后，正微笑着看着他，眼里充满着信任与鼓励。像12年前的那个午后一样，站在小桥上的父子俩又一次紧紧地拥抱在一起。

接下来的两年里，瓦伦斯堡的人们几乎每天都可以看到一个身材颀长、清瘦、衣衫破旧的年轻人，一边在河畔踱步，一边背诵着林肯及戴维斯的名言。他是那么全神贯注，以至达到了忘我的地步。有一次，当他正在练习自己的一篇演说稿，神情专注，还不时夹杂着手势时，附近的一个农民看到了，以为出现了一个疯子，立即报告了警察，警察气喘吁吁地跑来，经过询问，大家才恍然大悟，原来一切都是一场误会。1906年，这个年轻人以《童年的记忆》为题发表演说，获得了勒伯第青年演说家奖，那一天，他第一次尝到了成功的喜悦。

30年后，他成为美国历史上最著名的心理学家和人际关系学家，他的《成功之路》系列丛书创下了世界图

书销售之最，在他过世后的许多年里，在世界各个角落，人们仍在以不同的方式不断地提起他的名字。他便是被誉为"20世纪最伟大的人生导师和成人教育大师"的戴尔·卡耐基。今天，几乎所有的美国人都喜欢用这句"为什么不再试一次呢？"去鼓励自己的孩子们。

戴尔·卡耐基用自己的行动印证了伟大的思想家艾丽丝·亚当斯那句话："世上没有所谓的成败，除非你不再尝试。"他富于传奇色彩的一生在带给世人感慨的同时，也带给我们深深的思考，许多时候，面对挫折与失败，或许我们也该对自己说一句这样的话：为什么不再试一次呢？

心灵 寄语

给自己再试一次的机会，也等于给自己一个新的契机。因为在困境之中，一个机会就会改变自己的人生旅程。

敢于尝试

勇于尝试的人总是能获得成功的，而那些总是沉浸在自己到底行不行的怀疑中的人，是没有机会成功的。

没有责备

凯瑟琳·詹森·盖尔

念大学一年级时，我和简·怀特是同学并很快成为好朋友，因而结识了她全家。她的父母怀特夫妇共有六个孩子：三男三女。也许因为其中一个男孩儿早夭，剩下的五个孩子分外相亲相爱。他们全家非常热情，将我当作久别的表亲来款待。怀特家的气氛和我家迥然两样，让我如沐春风，很快就融入这个大家庭里。

而在我家，则充斥着呵责和抱怨，"人人自危"，时刻准备推脱干系并提防飞来的处罚。

比如，妈妈看到厨房里一片狼藉，立刻高声追究责任："谁干的？"爸爸看到猫四处逃窜或洗碗机坏了，便不由分说把账算在我头上："凯瑟琳，准是你的错。"而从小开始，我们兄弟姐妹就学会了诟病对方，常常把餐桌变成唇枪舌剑的战场。

可事情如果发生在怀特家，他们不会互相推脱抱怨、急着寻找肇事者，而是会努力解决问题，然后让生活平静而美满地继续。

那年夏天，我和怀特姐妹决定从佛罗里达到纽约，搞一次汽车旅行。怀特家两个年长的女儿，正念大学的莎拉和简，早就持有驾照，有比较丰富的驾驶经验。小妹妹艾眉刚满16岁，新近也获得了驾照。因为可以在旅途中偶尔小试身手，艾眉非常激动，一路上都"咯咯"笑着向遇到的人展示她的新驾照。

莎拉、简和我轮流驾车，开到人烟稀少的地方，就让艾眉练练手艺。到达南加利福尼亚，我们吃过午饭上路时，让艾眉坐到了驾驶座。开到一个十字路口，也许是因缺乏经验而心慌的缘故，艾眉没有注意到前方亮起的红灯，直闯了过去，结果，刚好和一辆大拖车相撞。简当场死亡，莎拉头部受伤，艾眉腿骨骨折，我擦破一点儿皮。伤痛只是小事，让我难以承受的是：在电话里，我要亲口告诉怀特夫妇简的死讯。失去一个挚友，已经让我无比心痛，而失去一个女儿，对父母来说将是何等撕心裂肺的事情啊！怀特夫妇接到电话，立刻赶到医院。他们紧紧拥抱住我们，悲喜交加、热泪纵横。然后，怀特夫妇擦干两个女儿脸上的泪滴，开始谈笑。在艾眉学习使用拐杖时，他们甚至还为那歪歪扭扭的姿势，逗弄得艾眉"咯咯"直笑。对于两个幸存的女儿，尤其是艾眉，怀特夫妇始终温言慈语。

我震惊了：怀特夫妇没有责难、没有抱怨……

后来，我问怀特夫妇："为什么没有教训艾眉？事实上，简正是死于她闯红灯所造成的车祸。"

怀特夫人说："简离开了，我们非常想念她。可是，不论我们说什么或做什么，简都不能再起死回生。逝者已矣，而艾眉还有漫长的人生。如果我们再责难艾眉，她背负着'姐姐死亡'的包袱，怎能拥有一个完整、健康和美好的未来呢！"

事实证明，怀特夫妇的做法完全正确。艾眉大学毕业后，成为一名教师，专门教智障儿童。几年前，艾眉又有了一个美满的婚姻。不久，她成为两个女儿的母亲，年长的那个小女孩儿，起名

叫作"简"。

从怀特夫妇那里，我领悟到——事后的责备并不是最重要的。有时候，它根本一点用处也没有。最重要的，是心灵和未来。

心灵寄语

不停地责备反而不如宽容更教育人，当然对象应该是能够理解的人。

疼痛的抚摸

吴志翔

　　我曾应邀去一所高校给一些学生讲新闻采写中的人物关系。讲座进行中，报告厅里时时爆发出阵阵笑声。讲完，一些学生围过来，提问、要地址。我自觉良好。

　　一星期后，收到一封信，寄自那所大学。心想，一定是位写作爱好者，听了讲座后写信来探讨问题。

　　信笺被折叠成精巧的形状，一看就知道写信者是位女生。小心拆开，读下去，心情陡然变得沉重。

　　我在讲座中曾谈及一事：高考结束后，我到某地采访，发现当地电视台在"热播"有关贫困生的报道。一些在高考中得高分的特困学生，因担心交不起学费，有的在镜头前偷偷哭泣，有的与亲人抱头痛哭，有的甚至在亲人遗像前号啕大哭。我说，那种画面给我一种强烈的视觉刺激，我怀疑，如此坦然地公开展示窘境会不会给被访者带来心灵的创伤；我也质问，是不是援助的获得必须以付出自尊为代价？那些以唤起爱心为目的的电视镜头，是不是显得太过生硬粗暴，是不是完全忽略了被访者个人内心的真实感受？

信里面说，她就是我所述的曾在镜头前痛哭的一名学生。

她说，自从电视里播出那一报道后，她感觉如受重创，几乎无法喘息。整个暑假她都过得恍恍惚惚。她说她不能怪任何人，因为都是出于好心，她只能怪自己家境贫困。她说她也想过逃离镜头，想过逃离他人怜悯的目光，但她无力决断。她接受了援助，进了这所远远低于自己期望值的高校。

而我讲座中的那番言论，无意中触及了她内心里隐秘的伤痛。她说那一刻她的脑中一片空白，此后我讲了些什么她一概不知。她装作埋头读小说，但其实一行也没有读懂。

伤害一个人就是这么简单。而伤口的复原，却需要漫长的时间。一点儿风吹草动，都会在心底掀起惊涛骇浪。

我在回信中表达了诚恳的歉意，并说了一堆苍白陈腐的道理加以劝慰。

她再一次回信，信里说，她现在需要的仅仅是——遗忘。

每个人都有属于自己的一小块领地，无论富者穷者智者愚者，身边都围着一道或高或矮的篱笆，以保护自己的个人领地不受侵犯。这道篱笆既是一种拒绝，又是一种邀请：它拒绝恶意的窥探，粗暴的闯入；它邀请真诚的帮助，平等的会晤。它是脆弱的，阳光可以渗透，和风可以吹拂，但无法承受双足的践踏。

伸手相助，永远都是值得赞美的。但请不要忘了认真对待那一道守护人性尊严的心篱。

心灵 寄语

　　人活着，最重要的是尊严。当我们出于好心去帮助他人的时候，一定要注意帮助的方式和态度，不给受帮助的人带来心理压力。

信念的力量

诗 槐

　　威尔逊先生是一位成功的商人，他从一个普普通通的事务所的小职员做起，经过多年的奋斗，终于拥有了自己的公司、办公楼，并且受到了人们的尊敬。

　　有一天，威尔逊先生从他的办公楼走出来，刚走到街上，就听见身后传来"嗒嗒嗒"的声音，那是盲人用竹竿敲打地面发出的声响。

　　威尔逊先生愣了一下，缓缓地转过身。

　　那盲人感觉到前面有人，连忙打起精神，上前说道："您一定发现我是个可怜的盲人，能不能占用您一点点时间呢？"

　　威尔逊先生说："我要去会见一个重要的客户，你要什么就快快说吧。"

　　盲人在一个包里摸索了半天，掏出一个打火机，放到威尔逊先生的手里，说："先生，这个打火机只卖 1 美元，这可是最好的打火机啊。"

　　威尔逊先生听了，叹口气，把手伸进西服口袋，掏出一张钞票递给盲人："我不抽烟，但我愿意帮助你。这个打火机，也许我可以送给开电梯的小伙子。"

　　盲人用手摸了一下那张钞票，竟然是100美元！他用战抖的手反复抚摩着这钱，嘴里连连感激着："您是我遇见过的最慷慨的先生！仁慈的富人啊，我为您祈祷！上帝保佑您！"

威尔逊先生笑了笑，正准备走，盲人拉住他，又喋喋不休地说："您不知道，我并不是一生下来就瞎的。都是23年前布尔顿的那次事故！太可怕了！"

威尔逊先生一震，问："你是那次化工厂爆炸中失明的吗？"

盲人仿佛遇见了知音，兴奋得连连点头："是啊是啊，您也知道？这也难怪，那次光炸死的人就有93个，伤的人有好几百个，可是头条新闻哪！"

盲人想用自己的遭遇打动对方，争取多得到一些钱，他可怜巴巴地说了下来："我真可怜哪！到处流浪，孤苦伶仃，吃了上顿没下顿，死了都没人知道！"他越说越激动，"您不知道当时的情况，火一下子冒了出来！仿佛是从地狱中冒出来的！逃命的人都挤到一起，我好不容易冲到门口，可一个大个子在我身后大喊：'让我先出去！我还年轻，我不想死！'他把我推倒了，踩着我的身体跑了出去！我失去了知觉，等我醒来，就成了瞎子，命运真不公平呀！"

威尔逊先生冷冷地道："事实恐怕不是这样吧？你说反了。"

盲人一惊，用空洞的眼睛呆呆地对着威尔逊先生。

威尔逊先生一字一顿地说："我当时也在布尔顿化工厂当工人。是你从我的身上踏过去的！你长得比我高大，你说的那句话，我永远都忘不了！"

盲人站了好长时间，突然一把抓住威尔逊先生，爆发出一阵大笑："这就是命运哪！不公平的命运！你在里面，现在出人头地了；我跑了出来，却成了一个没有用的瞎子！"

威尔逊先生用力推开盲人的手，举起了手中一根精致的棕榈手杖，平静地说："你知道吗？我也是一个瞎子。你相信命运，可是我不信。"

心灵寄语

不要因为身体的残疾而放弃奋斗。不管什么时候、什么样的人，只有不停地奋斗下去才能获得成功。

一切都还在

佚 名

有一次，一个人打电话找心理咨询师求助。

他说："一切都完了，我完蛋了。我没有半文钱，我失去了一切。"

咨询师说："你眼睛还看得见吗？"

他说："看得见哪。"

咨询师问："你还能走路吗？"

他说："还能走呀。"

咨询师说："你还能打电话，可见你一定还听得见。"

"没错，我听得见。"

咨询师说："那么，我相信你所有的一切都还在，唯一失去的不过是钱罢了。"

心灵 寄语

不管什么时候，只要你还健康，那你就还拥有整个世界。所有的东西都是身外之物，除了你自己。

命运的门铃

孙海玉

有一个性子特别急的年轻人去拜访一位朋友，他来到朋友楼下，按响了朋友家的对讲门铃。

门铃响了两声，里面没有动静，他等不及了，就返身回家。

刚刚走了几步，他又觉得这样回去不甘心，于是又返回来重新按门铃。

这一次他还是没有耐心，门铃只响了两下他又等不及了。

但是走了几步，他又返回来了。

这次他刚把门铃按响，还没反应过来是怎么回事，就觉得脖子一凉，浑身上下被冷水浇了个透！

原来朋友一直在家，几次来开门外面都没有动静，他怀疑有人捣乱，就从楼上向下面泼了一瓢冷水，作为报复。

这样去按朋友的门铃会被泼一瓢冷水，那么按命运的门铃，又怎能不被命运浇一瓢冷水呢？

心灵 寄语

　　咬定青山不放松，立根原在破岩中。千磨万击还坚劲，任尔东西南北风。人生的道路是曲折的，如同山间小径一样，走这条路的人需要耐心和毅力，累了就歇在路边的人是很难到达目的地的。

"天才"的眼光会拐弯

包利民

　　有个人在街道旁开了一个办公用品商店，主要经营各种笔记本及纸张，由于邻近有几所学校及机关单位，所以生意一直不错。

　　可是雨季来临的时候，店面进了水，许多货泡在水里，他几乎赔进去了所有的钱。他没有灰心，雨停后又借钱进了批货，但没几天，大雨又来了，他的货又浸在了水里。

　　当店里人手忙脚乱地抢救那些纸时，他一言不发地推开门消失在雨中。几天后，他卖了店面，别人以为他垮了。可过了一段时间，他又在同一条街的另一个地点重新开业，依然经销纸制品。别人都笑他傻，总在一个地方跌倒。

　　第二年，雨季再次来临时，人们突然发现，这条街其他的办公用品商店都遭了水灾，而他的店却安然无恙，并且那段时间销售额一下翻了好几倍，很快将以前的损失赚了回来。

　　原来，那天在大雨中，他走遍了整条街，找到地势最高的地方，用高价租了一处门面。正是这个雨水浸入不了的高地，使他得以东山再起。

　　在庸人的眼中，挫折永远是成功的绊脚石，而天才的慧眼，却能从挫折中发掘成功的另一线曙光。

心灵寄语

　　每一个困难都不尽相同，因此对待困难的方式也各不一样。聪明人总会选则更适合他的方法。

最幸福的人

佚 名

几年前，我到老挝去。那时候，它还是一个不对外开放的国度。由于地处内陆，交通不便，农作物虽然丰盛，但现代民生物资仍然非常缺乏。穷人家能有一件衣服蔽体已经不错了。

车行荒野，几无人烟，经过一座开满莲花的小湖旁，我看到了一幅令我难忘的景象。

6个五六岁的孩子，光着身子，嗨哟嗨哟，很有节拍地在小湖中划船。所谓的船，只是简陋的竹筏子。

被阳光均匀洗礼过的身体，泛发着黑金光泽。他们笑得非常非常开心，划得非常非常卖力，一起往前划，划到小湖中心，又划回湖边。

我举起相机，他们也举起手，完全没有芥蒂地欢迎罕见的不速之客。哗啦，其中一个孩子跳进水里，像鱼一样地泅泳。一会儿，又跳上筏上来。然后，他们又心满意足，嗨哟嗨哟，一心一意地在开满艳红色莲花的池上行舟。

我发了很久很久的呆。我知道，他们绝对是穷人家的孩子，他们没有玩具熊，也没有"任天堂"，他们甚至没有一件好衣服。可是，没有人有权利觉得他们"好可怜"。

我觉得我"好可怜"。我们都一样可怜。因为我从来没有见过那么灿烂，那么自然，那么纯净，那么百分之百的笑容。我的因忙碌才能充实、表面看来蛮有意义的人生，好像从来没能使我笑得如此喜气。那美丽的笑容使我心如莲花，在温暖的阳光下，和千百朵莲花一起嫣然盛开。

怎样的人生才有意义？希望他们永远不必为这个问题浪费时间。

心里从没浮现过这个疑问的人，才是最幸福的人吧！

心灵 寄语

越是在意自己过得幸不幸福的人越是得不到幸福，越是强求幸福的人，越让幸福远去，幸福总是悄悄地降临，不经意间才能发现。

一个微不足道的动作

碧 巧

　　美国福特公司名扬天下，不仅使美国汽车产业在世界占居鳌头，而且改变了整个美国的国民经济状况。谁又能想到该奇迹的创造者福特，当初进入公司的"敲门砖"竟是"捡废纸"这个简单的动作？

　　那时候，福特刚从大学毕业，他到一家汽车公司应聘，一同应聘的几个人学历都比他高，在其他人面试时，福特感到没有希望了。当他敲门走进董事长办公室时，发现门口地上有一张纸，很自然地弯腰捡了起来，看了看，原来是一张废纸，就顺手把它扔进了垃圾篓。董事长把这一切都看在眼里。福特刚说了一句话："我是来应聘的福特"。董事长就发出了邀请："很好，很好，福特先生，你已经被我们录用了。"这个让福特感到惊异的决定，实际上源于他那个不经意的动作。从此以后，福特开始了他的辉煌之路，直到把公司改名，让福特汽车闻名全世界。

　　平安保险公司的一个业务员也有与福特相似的经历。

　　他多次拜访一家公司的总经理，而最终能够签单的原因，仅仅是他在去总经理办公室的路上，随手捡起了地上的一张废纸并扔进了垃圾桶。

总经理对他说："我（透过窗户玻璃）观察了一个上午，看看哪个员工会把废纸捡起来，没有想到是你。"

而在这次面见总经理之前，他还被"晾"了三个多小时，并且有多家同行在竞争这个大客户。

心灵寄语

细节决定成败，一些平常的微小的举动往往体现了一个人本身的素质。

活着的感觉

芷 安

一位得知自己不久于人世的老先生在日记簿上记下了这段文字：

"如果我可以从头活一次，我要尝试更多的错误。我不会再事事追求完美。"

"我情愿多休息，随遇而安，处世糊涂一点，不对将要发生的事处心积虑地计算。其实人世间有什么事情需要斤斤计较呢？"

"可以的话，我会去多旅行，跋山涉水，更危险的地方也不怕去一去。以前我不敢吃冰激凌，不敢吃豆，是怕健康有问题，此刻我是多么的后悔。过去的日子，我实在活得太小心，每一分每一秒都不容有失误，太过清醒明白，太过清醒合理。"

"如果一切可以重新开始，我会什么也不准备就上街，甚至连纸巾也不带一块，我会用心享受每一分、每一秒。如果可以重来，我会赤足走在户外，甚至整夜不眠，用这个身体好好地感受世界的美丽与和谐。还有，我会去游乐园多玩几圈木马，多看几次日出，和公园里的小朋友玩耍。"

"如果人生可以从头开始……但我知道，不可能了。"

心灵寄语

　　世间没有后悔药，生命可贵之处就在于只有一次，唯一的一次。不能后悔，不能倒带，所以才弥足珍贵！

请握住我的手

伏 名

　　1754年，当时已是上校的乔治·华盛顿率领部下驻防亚历山大市。这时正值弗吉尼亚州议会选举议员。

　　有一位名叫威廉·佩恩的人反对华盛顿支持的一位候选人。

　　有一次，华盛顿就选举问题与佩恩展开了一场激烈的争论，争论中说出了一些极不入耳的脏话。

　　佩恩火冒三丈，挥拳将华盛顿击倒在地。当闻讯赶来的华盛顿的士兵想为长官报一拳之仇时，他却阻止了，并说服大家退回了营地。

　　翌晨，华盛顿托人带给佩恩一张便条，请他尽快到当地一家酒店会面。佩恩神情紧张地来到酒店，料想必有一场恶斗。出乎他的意料，迎接他的不是手枪而是友好的酒杯。

　　华盛顿站起身来，笑容可掬，伸出手欢迎他的到来，并真诚地说道："佩恩先生，人谁能无过，知错而改方为俊杰。昨天，确实是我不对。你已采取行动挽回了面子，如果你觉得那已足够，那么就请握住我的手吧，让我们来做朋友。"

　　这场风波就这样友好地平息了。从此，佩恩成了华盛顿的一个崇拜者。

心灵 寄语

　　宽容就是不计较。每个人都有错误，如果执著于其过去的错误，就会形成思想包袱，不信任、耿耿于怀、放不开，限制了自己的思维，也限制了对方的发展。能够做到宽容，那就是一种潇洒，是一种境界。

敢于尝试

千 萍

1973年，S·肯尼迪高中毕业（这是他仅有的学历），他想找份工作，并打算从"专业销售"开始。他梦想拥有公司配的又新又好的汽车，一份薪水，外加佣金和奖金，每天西装革履地上班，还有销魂的出差机会。

肯尼迪偶然发现了一则招聘广告：一家出版公司的全国销售经理要在本城待两天，要招聘一位负责五个州内各书店、百货公司和零售商的业务代表。肯尼迪梦想在将来成为作家或出版家，所以"出版"二字对他来说是有吸引力的。广告又说，起初月薪1600美元到2000美元，外加佣金、奖金、公务费和公司配车。这正是他梦寐以求的工作。

不幸的是，肯尼迪不是他们的理想人选。他去面试时，那位全国业务经理很客气地向他解释，他不是他们要找的人。第一，肯尼迪太年轻；第二，他没有工作经验；第三，他没念大学。这份工作显然是为年龄在35到40岁之间、大学毕业，并具有相当丰富经验的人准备的，刚出校园的毛头小伙显然不适合。该公司已有几位应聘者待定。肯尼迪竭力毛遂自荐，但招聘者态度坚决——他就是不够格。

这时，肯尼迪亮出了绝招。他说："瞧，你们这个地区缺商务代表已达6个月了，再缺3个月也不至于要命吧。看看我的主意：让我做3个月，公司只负担公务费，我不要工资，还开我自己的车。如果我向你证明胜任这份工作，你再以半薪雇我3个月，不过我要全额佣金和奖金，还得给我配车。如果这3个月我仍胜任这份工作，你就用正常条件录用我。"

这样，肯尼迪被录用了。在很短的时间里，他重组了销售流程，创下 2 项记录：短期内在困难重重的地区扭转乾坤。

3个月内，肯尼迪让更多新客户的产品摆满他们的整个摊位；争取到新的非书店连锁的大公司，等等。

3个月以后，肯尼迪有了公司配车、全额工资、全额佣金和奖金。

心灵 寄语

勇于尝试的人总是能获得成功的，而那些总是沉浸在自己到底行不行的怀疑中的人，是没有机会成功的。

继续走完下一英里路

忆 莲

西华·莱德先生是位著名的作家兼战地记者，他曾在1957年4月号的《读者文摘》上撰文表示，他所收到的最好忠告是"继续走完下一里路"，下面是其文章中的一部分：

"第二次世界大战期间，我跟几个人不得不从一架破损的运输机上跳伞逃生，结果迫降在缅印交界处的树林里。当时唯一能做的，就是拖着沉重的步伐往印度走。全程长达140英里，必须在八月的酷热和季风所带来的暴雨侵袭下，翻山越岭长途跋涉。

"才走了一个小时，我一只长统靴的鞋钉扎了另一只脚，傍晚时双脚都起泡出血，范围像硬币那般大小。我能一瘸一拐地走完140英里吗？别人的情况也差不多，甚至更糟糕。他们能不能走呢？我们以为完蛋了，但是又不能不走。为了在晚上找个地方休息，我们别无选择，只好硬着头皮走完下一英里路……

"当我推掉其他工作，开始写一本25万字的书时，心一直定不下，我差点放弃一直引以为荣的教授尊严，也就是说几乎不想干了。最后我强迫自己只去想下一个段落怎么写，而非下一页，当然更不是下一章。整整 6 个月的时间，除了一段一段不停地写以外，什么事情也没做，结果居然写成了。

"几年以前，我接了一件每天写一个广播剧本的差事，到目前为止一共写了2000个。如果当时签一张'写作2000个剧本'合同，我一定会被这个庞大的数目吓倒，甚至把它推掉，好在只是写一个剧本，接着又写一个，就这样日积月累真的写出这么多了。"

心灵寄语

把一个庞大的事情分开一步一步默默地努力，最后会发现成功是如此的容易。

一只名贵的金表

宛 彤

　　一个农场主在巡视谷仓时不慎将一只名贵的金表遗失在谷仓里，他遍寻不获，便在农场门口贴了一张告示，要人们帮忙，悬赏100美元。

　　人们面对重赏的诱惑，无不卖力地四处翻找，无奈谷仓内谷粒成山，还有成捆成捆的稻草，要想在其中找寻一块金表如同大海捞针。

　　人们忙到太阳下山仍没有找到金表，他们不是抱怨金表太小，就是抱怨谷仓太大、稻草太多，他们一个个放弃了100美元的诱惑。只有一个穿破衣的小孩儿在众人离开之后仍不死心，努力寻找，他已整整一天没吃饭，希望在天黑之前找到金表，解决一家人的吃饭问题。

　　天越来越黑，小孩儿在谷仓内坚持寻找，突然他发现一切静下来后有一个奇特的声音"嘀嗒、嘀嗒"不停地响着。小孩儿顿时停止寻找。谷仓内更加安静，嘀嗒声响十分清晰。小孩儿循声找到了金表，最终得到了100美元。

　　成功如同谷仓内的金表，早已存在于我们周围，散布于人生的每个角落。只要执著地去寻找，专注而冷静地思考，我们就会听到那清晰的嘀嗒声。

拥有一颗冷静缜密的心来倾听，来寻找成功的声音。

两个民工

邓惠清

家里有几平方米地板砖变形隆起，请来两个民工维修。

一个是中年人老陈，一个是青年仔小李。

刚进家门，他们便忙着脱去外套、毛衣，很有大干一场的架势。不料才凿几下，老陈便大喊辛苦："这地板太硬了，你看，凿一下，火星四射，手都要起泡了。加工钱！加工钱！不加工钱不干了。"

我说："工钱不是说好了吗，一个人40块。"

"这地板太硬了嘛。"

"不硬还叫水泥地板，笑话，你要加多少？"

"加60，100块一个人。"

100块？两个人就是200块，还不到半天的工作，真是狮子大开口了。平素最恨不守信用敲诈勒索，但考虑到再去请工又要费时间，我只好委曲求全："50块行不行？""不行！少一分钱都不行。"看他一副不达目的誓不罢休的样子。我终于忍无可忍，下达了逐客令："那就另谋高就吧。"

中年汉子见要挟不成，一边穿毛衣，一边说："说老实话，这活就算你给再多钱，我也不干。"

"那你讲什么价？"我生气地说。

"去请能干的人给你干啊！我总得赚点介绍费吧！"

天啊！干这一点点维修工作，也想赚介绍费，岂不是滑天下之大稽嘛！

令人奇怪的是，整个争论过程，小李居然一声不吭地埋头苦干。老陈走了，他还在一锤一锤地工作着。

"你不走吗？"我疑惑地问。

"有工做，有钱挣，我干吗要走？"

"那你要多少钱？"

"50块帮你全部做完。"

什么？我再次大跌眼镜了。原先80块两人干，老陈还嫌少，嫌工作辛苦。"你一个人干两个人的活，就给你100块吧。"见小李诚实肯干，我动了恻隐之心。

"这一点儿工，我半天就可做完，你要两人做，给80块，已经太高了，就50块吧，大家都不容易。"

"那老陈他……"

"他这人就是这样，技术活不会干，辛苦工又不愿干，总想投机取巧，只配一辈子蹲街边。"小李几句话，令人刮目相看。

交谈中我了解到，小李中专毕业，来广东打工还不到半年，为了多挣一点儿钱，春节也不打算回家。我说："春节人们一般不装修。"

"我知道，我是帮人家卖虾。"

"挣到钱，打算做什么呀？"

"考驾驶执照，当出租车司机呀！"

说到前途理想，小李的眼睛闪闪发光："'掘'得第一桶金后，我就回老家自己买车来开，生活肯定滋润。"看着这位诚实的充满朝气的年轻人，我真诚地说："你的美

梦一定能成真。"

家中地板砖修好了，两个民工却令我感慨。

同样是贫穷，一个是奸诈滑头，一个是正直诚信；一个是偏安一隅的懒惰，一个是直面生活的勤奋；一个是守株待兔不思进取，一个是不屈抗争，心在梦在。

天上不会掉下馅饼来。

心灵寄语

以努力务实的工作态度来面对社会，总比懒散懒惰着更能让社会接受。

珍 惜

珍惜是要有选择的，有时候当我们刻意去保护一样东西或者人不受伤害时，往往却得到相反的结果。

选择你喜欢的

潘 炫

朋友给我讲了他的一次很有趣的经历。

中专刚毕业的朋友在一家服装店跑业务。一次，他想去市进出口大厦一家专搞西欧工作服出口业务的公司碰碰运气。

进了公司的大门，很多人在等电梯。他想也没想就开始爬楼梯。虽然那家公司在七层，但他仍一如既往地保持着爬楼梯的习惯，因为他喜欢——爬楼梯可以促进周身血液循环，让人精力充沛。他总是用这种笨笨的方式来给自己加油。

敲开经理办公室的门后，一切顺利得让他不敢相信。

这家公司手头刚好有一批工作服的业务，还没有合适的合作伙伴，朋友的工厂又是有着多年加工世界各国工作服经验的老牌工厂，两家一拍即合。就在朋友打算离开时，又有一个年轻人走了进来，他也是一家服装厂的业务员，经理告诉他这项业务已经委托给朋友的公司了。最后那个年轻人只得怏怏地和朋友一道离开了经理办公室。年轻人在电梯口等电梯，朋友迈着轻快的步子要下楼。那个年轻人喊住朋友，告诉他，自己在楼下等电梯时看见朋友上楼，并说他失败在等电梯这件小事上，同时又奇怪地问："你现在拉到订单了，为什么还要费劲走楼梯呢？"朋友说："我只是喜欢，你并不是输在等电梯这点小事上。"朋友告诉我："有时选择自己喜欢的方式，才会精力充沛地应战。"

中央电视台的"开心辞典"现场，一位年轻的大学生正机智敏捷地回答着主持人王小丫的问题，前两个问题他回答得很巧妙，顺利过关。面对第三个问题，这个年轻人皱起了眉头。

问题是这样的：海豚常会成群跟在远洋轮船后面，这是为什么？

问题的答案有四个，这位年轻人犹豫片刻，摇摇头，然后说，我就猜一个吧，反正可能是错，干脆就选一个"自己喜欢的答案"。于是他选了"海豚是想跟船员嬉戏"这一条。

这时王小丫的表情由惋惜转为欣慰，说："你回答错了，但我要谢谢你这个有人情味的选择。"人生中有一些问题，并没有标准答案，也没有唯一答案，有时，你选择自己喜欢的比选择对的更容易赢得别人的喝彩。

心灵 寄语

这个世界有好多事情取决于你是否有兴趣、是否喜欢，往往你很容易成功，如果那是你喜欢的事情。

砸开命运之门

佚 名

有一个富翁一直在苦苦思索，到底让哪个儿子继承遗产？富翁百思不得其解。

想起自己白手起家的青年时代，他忽然灵机一动，找到了考验他们的好办法。

他锁上宅门，把两个儿子带到一百里外的一座城市里，然后给他们出了个难题，谁答得好，就让谁继承遗产。

他交给他们一人一串钥匙、一匹快马，看他们谁先回到家，并把宅门打开。

马跑得飞快，所以兄弟两个几乎是同时回到家的。

但是面对紧锁的大门，两个人都犯愁了。

哥哥左试右试，苦于无法从那一大串钥匙中找到最合适的那把；弟弟呢，则苦于没有钥匙，因为他刚才光顾着赶路，钥匙不知什么时候掉在了路上。

两个人急得满头大汗。

突然，弟弟一拍脑门，有了办法，他找来一块石头，几下子就把锁砸了。他顺利走进了门里。而哥哥还站在门外，摆弄着手里的钥匙，望着大门发愣。

自然，继承权落在了弟弟手里。

心灵 寄语

　　人生的机遇就在门的另一边，只有聪敏果敢的人才能将它打开，并获得成功，那些墨守成规的人只能在门外逡巡。

发掘自己的价值

雪 翠

一个年轻人觉得自己什么事也做不好，大家都说他没用，又蠢又笨。他很苦恼。于是，他找到了老师诉说烦恼。

老师说："孩子，我很遗憾，现在帮不了你，我得先解决自己的问题。"他停顿了一下，说："如果你先帮我个忙，我的问题解决了，之后也许我可以帮助你。"

"哦……如果能帮您的忙，我很荣幸，老师。"年轻人很不自信地回答说。

老师把一枚戒指从手指上摘下来，交给小伙子，说："骑着马到集市去，帮我卖掉这枚戒指，我要还债。要卖一个好价钱，最低不能少于一个金币。"

年轻人拿着戒指离开了。一到集市，他就拿出戒指。人们围上来看，而当年轻人说出了戒指的价格后，有人嘲笑他，有人说他疯了，只有一位老人出于好心向他解释，一个金币是多么值钱，用来换这样一枚戒指是多么的不值。有人想用一个银币和一些不值钱的铜器来换这枚戒指，但年轻人记着老师的叮嘱，拒绝了。

年轻人骑着马悻悻而归。他沮丧地对老师说："对不起，我没有换到您要的一个金币。也许可以换到几个银币。"

"年轻人，"老师微笑着说，"首先，我们应该知道这枚戒指的真正价值。你再骑马到珠宝商那里去，告诉他我想卖这枚戒指，问问他给多少钱。但是，不管他说什么，你都不要卖，带着戒指回来。"

年轻人来到珠宝商那里，珠宝商在灯光下用放大镜仔细检验戒指后说："年轻人，告诉你的老师，如果他现在就想卖，我最多给他58个金币。"

"58个金币？"小伙子不敢相信自己的耳朵。

"是啊，我知道，要是再等等，也许可以卖到70个金币。但是我不知道你的老师是不是急着要卖……"珠宝商说。

年轻人激动地跑到老师家，把珠宝商说的话告诉老师。

老师听后，说："孩子，你就像这枚戒指，是一件举世无双、价值连城的珠宝。但是，只有真正的内行才能发现你的价值。我们每个人就像这枚戒指，在人生这个大市场里要自我珍视，同时也要努力，让我们遇到的人，就算不是内行，也能发现我们真正的价值。"

年轻人顿悟，舒展了眉头。

心灵 寄语

人都有自己的价值，就看你怎样对待。也许一时没人发现你的价值，但那并不代表你没有价值。千里马就算没有被伯乐发现，也仍旧是千里马。

愚笨才是真聪明

冷 柏

有一架客机在大沙漠里不幸失事，仅有11人幸存。这11人中，有大学教授、家庭主妇、政府官员、公司经理、部队军官……此外，还有一个叫彼得的傻子。

沙漠的白昼气温高达五六十摄氏度，如果不能及时找到水源，人很快就会渴死。他们出发去找水源。他们先后三次欢呼狂叫着，冲向水草丰茂的绿洲，可那绿洲却无情地向后退却，退却，直至消失。原来都是海市蜃楼！

次日中午，当他们又一次被海市蜃楼愚弄后，所有人都躺倒了，除了傻子彼得。他焦急地问别人那个水不就在这儿吗？为什么不见了？

好心的家庭主妇告诉他："彼得，认命吧，那只是海市蜃楼。"

彼得不知道什么叫海市蜃楼，他只是渴得厉害，他只是想要喝水，他吃力地攀上了前面一个50多米高的沙丘，突然高兴得手舞足蹈，连滚带爬地下来，兴奋地嚷着："水塘，一个水塘！"

这次，没有一个人管理他，包括那个善良的家庭主妇。

彼得什么也顾不上了，他拔腿再次朝沙丘上爬，翻过了沙丘，吼叫着消失在沙丘的另一边。

"可怜的傻子，他疯了！"数学教授嘟哝了一句。

20多分钟后，当彼得刚冲到水塘旁，忽然狂风骤起，飞沙走石。彼得一跃跳进了水塘中。大风整整刮了一天一夜。

3天后，当救援人员寻找到他们时，那10个人已经全死了。有的尸首已被沙土掩埋了。只有水塘边的傻子彼得安然无恙，只是瘦了些。

救援人员把他带到遇难者身边，询问他是怎么回事，这些人何以会死在距离水塘不到一公里的地方。

目睹伙伴们的惨状，彼得哭了。

他抽泣着说："我和他们说了那边有个水塘，他们说那是海市蜃楼。我不懂什么是海市蜃楼，我只是想去那边喝水，我就拼命跑去了——真的，你们能告诉我什么是海市蜃楼吗？他们为什么这么恨海市蜃楼，宁肯被渴死，也不去喝海市蜃楼的水？"

彼得瞪着他那双无知的、泪汪汪的大眼，虔诚地向救援人员请教着。他说，这个问题已经折磨他3天了。

面对此情此景，所有的人都无言以对。

心灵 寄语

大多数的人在经历了失败和挫折之后就会想着放弃，放弃的代价很惨烈，有时候就是自己的生命。不放弃的人却多了一份生还的希望。

帮助别人就是帮助自己

沛 南

有一个人被带去观赏天堂和地狱，以便比较之后能聪明地选择他的归宿。他先去看了魔鬼掌管的地狱。第一眼看去令人十分吃惊，因为所有的人都坐在酒桌旁，桌上摆满了各种佳肴，包括肉、水果、蔬菜。

然而，当他仔细看那些人时，他发现没有一张笑脸，也没有伴随盛宴的音乐而狂欢的迹象。坐在桌子旁边的人看起来沉闷，无精打采，而且皮包骨头。这个人发现那些人每人的左臂都捆着一把叉，右臂捆着一把刀，刀和叉都有4尺长的把手，却不能用来吃饭。所以即使每一样食品都在他们手边，结果还是吃不到，一直在挨饿。

然后他又去天堂，景象完全一样：同样的食物和那些带有4尺长把手的刀、叉，然而，天堂里的居民却都在唱歌、欢笑。这位参观者困惑了一下。他怀疑为什么情况相同，结果却如此不同。在地狱的人都挨饿，而且可怜，可是在天堂的人吃得很好，而且很快乐。最后，他终于看到了答案：地狱里的每一个人都试图喂自己，可是一刀一叉以及4尺长的把手根本不可能吃到东西；天堂上的每一个人都是喂对面的人，而且也被对面的人所喂，因为互相帮助，结果帮助了自己。

大家一定都听过这样一个故事：一个生气的男孩儿向他妈妈大喊他恨她，然而他又害怕受到惩罚，就跑出家，来到山腰上对着山谷大喊："我恨你！我恨你！我恨你！"山谷传来回应："我恨你！我恨你！我恨你！"男孩儿吃了一惊，跑回家去告诉他妈妈说，在山谷里有个可恶的小男孩儿对他说恨他。于是他妈妈就把他带回山腰上并让他喊："我爱你！我爱你！"男孩儿按他妈妈说的做了，这回他发现有个可爱的小男孩儿在山谷里对他喊："我爱你！我爱你！"

心灵 寄语

一个人的力量有限，正如一滴水，只有把它放到大海里它才能永远不干涸。就像毛主席说的，团结一致，同心同德，任何强大的敌人，任何困难的环境，都会向我们投降。

抛开可怕的想象

佚名

一个周日，帕梅拉和几个朋友去郊外爬山。那天他们玩得很尽兴，不知不觉太阳都快落山了，他们还在山顶。如果原路返回还需要两到三个小时的时间。这时候有人提议说知道另外一条捷径，不到一个小时就可以下山，但是要跨过一条小沟。

望着越来越低的太阳，他们一致同意走近路。

那小沟大概有几米深，沟里是潺潺的溪水，在4月的黄昏里发出响亮而空洞的声音，那种声音让人想到不慎失足掉下去的惨烈……前进还是后退？他们在沟前犹豫了很久。天，一点一点地暗了下来。

这时候，一个女孩儿站了出来。一个年轻的女孩儿。她拿了一根树枝在沟之间比画了一下，然后放在地上，说："沟就是那么宽的距离，大家跳跳试试看"。大家很轻易就在平地上跳过了和那个沟宽差不多的距离。但是面对溪水哗哗的小沟，有人还是犹豫。女孩儿第一个跳过去了。大家相互鼓励着，一个个也都跳过去了，包括胆小的帕梅拉。

那个傍晚，他们很快就下了山。而且，在新的道路上，他们还发现了一大片粉红嫩白的桃花。在这样一个落英时节，那绚烂的色彩不能不算一道令人惊喜的风景。而下山没多久，雨下起来了，又大又急。大家都笑着说："那小沟并没有我们想象中的可怕吧！可怕的只是我们心中的想象。我们一抬腿，不就过来了吗？而世事难料，安全也不是绝对的。如果我们当时选择熟悉的那条路回来，说不定都成了落汤鸡了。"

心灵 寄语

　　好多事情不是因为难我们害怕，而是因为我们害怕，所以才看起来难。

努力抓住晨光的双翅

芷 安

特洛伊正走在海滩上，突然发现一双套在皱巴巴棕色长裤内的脚，从一个被露水沾湿的报纸做的帐篷中伸出来。最初，她以为这是一具死尸。她毛骨悚然地站着，手里抓着一条按妈妈吩咐买来的面包。

她呆若木鸡……

一只腿动弹了一下，接着，一只胳膊露了出来，袖子边耷拉着。随后，那手一把扯开报纸，人钻了出来。

年轻的？年老的？特洛伊吓得什么也没看清。

"早上好！"他问候她。

特洛伊后退两步。声音听起来倒不凶，可他那沾满沙的脑袋，胡子拉碴的模样着实让人担惊受怕。

"去吧，"他赞同地说，"快跑开吧。我不会追你的……是叫你出来买面包的，对不？"

特洛伊默不作声。

他解开自己的鞋带，从鞋内倒出一股细沙。"我深表谢意，"他礼貌周全，

"因为你叫醒了我。当然，在这种时刻，我好像迷失了。我常常搞不清自己到底是谁——是失业记者，还是走霉运的诗人；是遁世者，还是替罪羊？我想，你一定以为我只不过是个流浪汉。"

特洛伊慢慢地摇摇头。

他对她微笑，突然间显得年轻了许多。

"我光顾谈自己了，现在来谈谈你吧。你会成为一个人物的，我相信。不然，你也不会站在这儿啦——你早就跑走了。但是你没跑——"

她只是瞪眼瞧着他，疑疑惑惑地。但是，一种巨大的怜悯、温情和理解——自从父亲去世后久违了的感情突然涌上心头。

"来吧，"他哄着她，"告诉我，你将来想干什么？演员？画家？音乐家？作家？——也许，还不知道？不知道更好，一切都在前面，新鲜，光彩的未来。可是，你听着——"

他朝前探着身子："我要告诉你一个秘密——一个我知道得太晚的秘密。未来取决于美的真谛——你怎么找它，怎么看它。人们将对你赞扬钻石又美又名贵，当然，这没错。可是，就在这儿——"他抓起一把细沙，"这儿也有成百上万颗钻石。只要你深入其中去发现。瞧这个！"他递给她一片玻璃碎片，它的棱角被海水和沙子磨光了。"别人会说，毫无用处。可是，把它对着光瞧瞧！它翠得像绿宝石，神秘得如翡翠，光洁得像墨玉！"

一只海鸥尖叫着飞来，在他们头顶盘旋，投下一片浮翔的阴影。那眼睛闪亮的鸟儿自在地在晨光中飘荡着。

"看那里，"他指着海鸥，"那就是我的意思。人，不能像海鸥点水般。哪怕只有针尖般大的希望也不能放弃。孩子！要努力寻找，努力抓住晨光的双翅。"

她仔细看了看手里那片被海

水刷亮了的碎玻璃片，翠得像绿宝石，神秘得如翡翠，光洁得像墨玉。

　　"要努力寻找，努力抓住晨光的双翅。"特洛伊正是在这句话的鼓励下，开始一步步走向成功。

心灵寄语

　　在平凡的生活中发现美，发现生活中的闪光点。以正确的心态面对生活，成功的几率更高。

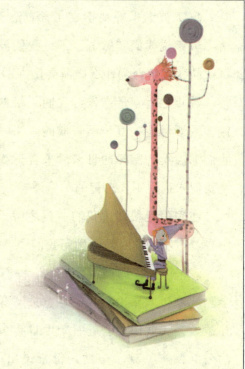

诺言与音乐会

玛丽·艾丽丝·伯纳纳

那一年我 6 岁，温顺的妹妹萨利·凯只有 3 岁。出于某种原因，我认为我们需要挣一些钱。我坚定地以为我们应该被"雇"为女佣。于是，我们去拜访我们的邻居们，提出为他们打扫房子，开价25美分。

虽然我们的提议合情合理，但是却没有人愿意"雇佣"我们。并且还有一位邻居打电话给我们的母亲，告诉她玛丽·艾丽丝和萨利·凯所做的事情。在我们推开后门走进我们所住的公寓厨房时，母亲刚刚挂上电话。

"女孩子们，"母亲问道，"你们两个为什么到邻居家里去告诉他们你们愿意为他们打扫房子？"

母亲对我们两个很生气。我们后来才知道，事实上，她为我们的小脑袋会产生那样的想法而觉得有趣。但是，出于某种原因，我们两人都否认曾经做过这样的事情。母亲没有想到她的两个可爱的小女儿竟然会是"厚颜无耻的撒谎精"。这个事实不仅使她大为震惊而且使她受到了极大的伤害。然后，她告诉我们琼斯夫人刚刚通过电话告诉她我们去过琼斯夫人家并且自愿为25美分为琼斯夫人打扫房子。

事实被赤裸裸地摆在了面前，于是，我们只好承认我们确实做过这样的事情。母亲说我们"撒谎"了，我们没有说真话。她相信我们现在已经知错了，她尽量向我们解释为什么撒谎会伤害别人，但是她觉得我们并非真的明白。

数年之后，母亲告诉我们，根据儿童的心理，我们内心对她那次教育我们要诚实的话可能一直是不赞成的。当时，这种想法像闪电一样从她的心头划过……我们那温柔、慈祥的母亲后来告诉我们那是她教给我们的最为艰难的一堂课。那是我们永远也不会忘记的一堂课。

在狠狠地教训过我们一顿之后，母亲开始高高兴兴地做午餐。当我们大声地咀嚼着三明治的时候，她问我们："今天下午，你们两个愿意去看电影吗？"

"哇！我们当然愿意！"我们想知道要去看什么电影。母亲说是"音乐会"。噢，太棒了！我们愿意去"音乐会"！我们不是很幸运吗？我们洗了澡，穿戴整齐，就像要去赴一个生日宴会。我们急急忙忙地走出公寓，去赶开往市区的公共汽车。到了车站，母亲说出一句令我们非常惊讶的话。她说："女孩子们，我们今天不去看电影。"

我们最初没有反应过来。"什么？"我们抗议道，"什么意思？我们不去'音乐会'了吗？妈妈，你说过要带我们去'音乐会'的！"

母亲停下来，用胳膊搂住我们两个，我不明白她的眼睛里为什么会有泪。我们还有时间坐公共汽车，但是，她拥抱着我们，轻声解释说这就是被谎言欺骗的感觉。

"说真话是非常重要的，"母亲说，"我刚才对你们撒谎，我觉得糟透了。我不愿意再撒谎了，我相信你们也不愿意再撒谎了。人与人之间必须相互信任。你们明白了吗？"

我们向她保证我们明白了，我们永远也不会忘记了。

既然我们已经接受了这个教训，那么，为什么我们不去"音乐会"了呢？我们还有时间。

"不是今天，"母亲告诉我们，"但我们以后会去。"

虽然，那已经是50多年前的事情了，但我们从来没有忘记一次谎言会造成多大的伤害。那次教训使我和我的妹妹懂得了做人要诚实的道理。

心灵 寄语

信守承诺是一个人的道德体现，如果你想让别人对你诚信，那么你首先要自己诚信。诺言就像一面镜子，打破了就很难再拼凑在一起。请记住：诺言来之不易。

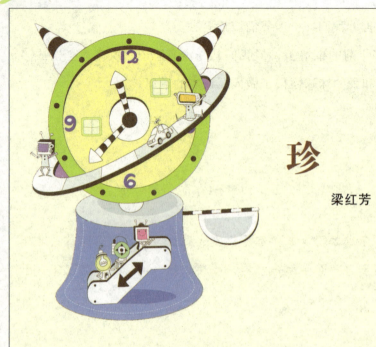

珍 惜

梁红芳

　　我应邀去参观朋友的新居。

　　整个房间布置得典雅、舒适。暗花的乳白色窗帘透着淡淡的天光，柔嫩的文竹在洁净的玻璃茶几上牵绕，纯木的电视台柜，阔叶的植物围绕着客厅的中心——墨绿色的粗呢沙发。客厅里的物件都各得其所，站在它们应在的位置，共同散发着主人渴望的温情、闲适的格调。

　　可是，那出自名品"曲美"的沙发，在扶手、靠背上都被主人盖上了白色绣花的沙发布，仿佛绿洲上的几块沙漠，破坏了整体的协调。我的目光变得有些跳跃。墨绿色的典雅华贵被分割后，不再能体现设计者当初想要表现的深色粗呢与线条流畅的木质相亲的粗犷中的细腻，协调中的精细。

　　朋友在我们的请求下，撤下沙发布，又小心地盖上。并解释说，沙发套虽然可以洗，但洗过之后肯定会破坏料子的质感，盖上布就可以多保持一下沙发的美了。

　　我张张嘴，想说点什么又没说。

　　我想起小时候妈妈给我做了一件漂亮的花棉袄，为了不弄脏，多穿几次，妈妈就给我套了件她的外套改制的蓝色卡其布外罩。每次我想脱掉外罩展示一下棉袄的漂亮，总会遭到妈妈的训斥和之后动之以情晓之以理的教育：你喜不喜欢你的花棉袄？喜欢。你希不希望每年都能穿？希望。衣服洗多了会不会旧？会。怎样才能让衣服不脏？套一件外罩。

结果，每次穿上那件漂亮的花棉袄时，我就比平时更丑。

珍惜的结果变成过错，这似乎就是生活中常有的悖论。

心灵 寄语

珍惜是要有选择的，有时候当我们刻意去保护一样东西或者人不受伤害时，往往却得到相反的结果。

主宰生命

佚 名

卡尔·西蒙顿医生是一位专门治疗癌症晚期病人的专科医生。有一次他为一位61岁的喉癌病人治疗，当时这名病人因为病情的影响，体重大幅下降，瘦到只有40多公斤，癌细胞的扩散使他无法进食。

西蒙顿医生告诉这位患者，自己将会全力为他诊治，帮助他对抗恶疾。同时，每天将治疗进度详细告诉他，并清楚讲述医疗小组治疗的情形及他体内对治疗的反应，使病人对病情得以充分了解，并缓解不安的情绪，努力与医护人员合作。

结果治疗情形好得出奇。西蒙顿医生认为这名患者实在是个理想的病人，因为他对医生的嘱咐完全配合，使得治疗过程进行得十分顺利。西蒙顿医生教这名病人运用想象力，想象他体内的白血球大军如何与顽固的癌细胞对抗，并最后战胜癌细胞的情景。结果两个星期后，医疗小组果然抑制了癌细胞的破坏性，成功地战胜了癌症。对这个杰出的治疗成果，就连西蒙顿医生也感到十分惊讶。

其实是因为西蒙顿医生运用了心理疗法来治疗这名癌症病人，才获得了如此成功的疗效。

心灵 寄语

    面对疾病，首先要有一个良好的心态，才能战胜病魔，很多时候病人不是被疾病打败，而是被自己的不自信打败。

正确审视自己

采 青

几十年前，在纽约北郊曾住着一位姑娘名叫沙姗，她自怨自艾，认定自己的理想永远实现不了。她的理想也就是每一位妙龄姑娘的理想：跟一位潇洒的白马王子结婚，白头偕老。沙姗整天梦想着，可周围的姑娘们都先后成家了，她却成了大龄女青年，她认为自己的梦想永远不可能实现了。

在一个雨天的下午，沙姗在家人的劝说下去找一位著名的心理学家。握手的时候，她那冰凉的手指让人心颤，还有那凄怨的眼神，如同从坟墓中飘出的声音，苍白憔悴的面孔，都在向心理学家暗示：我是无望的了，你会有什么办法呢？

心理学家沉思良久，然后说道："沙姗，我想请你帮我一个忙，我真的很需要你的帮忙，可以吗？"

沙姗将信将疑地点了点头。

"是这样的。我家要在星期二开个晚会，但我妻子一个人忙不过来，你来帮我招呼客人吧。明天一早，你先去买一套新衣服，不过你不要自己挑，你只问店员，按她的主意买。然后去做个发型，同样按理发师的意见办，听好心人的意见是有益的。"

接着，心理学家说："到我家来的客人很多，但互相认识的人不多，你要帮我主动去招呼客人，说是代表我欢迎他们，要注意帮助他们，特别是那些显得孤单的人。我需要你帮助我照料每一个客人，你明白了吗？"

沙姗一脸不安，心理学家又鼓励她说："没关系，其实很简单。比如说，看谁没咖啡就端一杯，要是太闷热了，就开开窗户什么的。"沙姗终于同意一试。

星期二这天，沙姗发式得体，衣衫合身，来到了晚会上。按着心理学家的要求，她尽心尽力，只想着帮助别人，她眼神活泼，笑容可掬，完全忘掉自己的心事，成了晚会上最受欢迎的人。晚会结束后，有3个青年都提出了送她回家。

一个星期又一个星期，3个青年热烈地追求着沙姗，她最终答应了其中一位的求婚。望着幸福的新娘，人们都说心理学家创造了一个奇迹。

心灵寄语

每个人都有自己的可取之处，不要因为一时未成功而唉声叹气。当你换种心情，从另一个角度来审视自己，就会发现另一个渡口。

关注对方的
希望和愿望

向 晴

　　尤金·威森为一家专门替服装设计师和纺织品制造商设计花样的画室推销草图，一连3年，威森先生每个星期都会去拜访一位纽约著名的服装设计师。"他从不拒绝接见我，"威森先生说，"但他也从来不买我的东西。他总是很仔细地看看我的草图，然后说：'不行，威森，我想我们今天谈不拢了。'"经过150次的失败，威森终于明白自己过于墨守成规。于是，他下定决心，每个星期腾出一个晚上去研究做人处世的哲学，以发展新观念，创造新的热忱。

　　不久，他就急于尝试一项新方法。他随手抓起 6 张画家们未完成的草图，冲入买主的办公室。"如果你愿意的话，希望你帮我一个小忙，"他说，"这是一些尚未完成的草图。能否请你告诉我，我们应该如何把它们完成才能对你有所帮助？"

　　这位买主默默看了那些草图一会儿，然后说："把这些图留在我这儿几天，然后再回来见我。"

　　3天以后威森又去了，获得买主的某些建议后他带着草图回到画室，按照买主的意思把它们修饰完成。结果呢？全部被接受了。

　　从那以后，这位买主又订购了许多其他的图案，全是根据他的想法画成的——而威森却净赚了1600多元的佣金。"我现在明白，这么多年来，为什么我一直无法和这位买主做成买卖。"威森说，"我以前只是催促他买下我认为他应该买的东西，我现在的做法正好完全相反。我鼓励他把他的想法交给我，让他觉得这些图案都是他创造的，确实也是如此。我现在用不着去向他推销，而他自动会买。"

心灵 寄语

　　很多时候，我们要从对方的角度和立场来思考问题，这样会更容易达到相互理解和支持。

蝴蝶效应的启示

宛 彤

一只蝴蝶在巴西扇动翅膀，有可能会在美国的德克萨斯引起一场龙卷风。

这就是洛伦兹在1979年12月华盛顿的美国科学促进会的一次讲演中提出的"蝴蝶效应"。这次演讲和结论给人们留下了极其深刻的印象。从此以后，所谓"蝴蝶效应"之说就不胫而走，名声远扬了。

"蝴蝶效应"之所以令人着迷、令人激动、发人深省，不仅在于其大胆的想象力和迷人的美学色彩，更在于其深刻的科学内涵和内在的哲学魅力。

从科学的角度来看，"蝴蝶效应"反映了混沌运动的一个重要特征：系统的长期行为对初始条件的敏感依赖性。

经典动力学的传统观点认为：系统的长期行为对初始条件是不敏感的，即初始条件的微小变化对未来状态所造成的差别也是很微小的。

可混沌理论向传统观点提出了挑战。混沌理论认为在混沌系统中，初始条件十分微小的变化经过不断放大，对其未来状态会造成极其巨大的差别。

有一首在西方流传的民谣对此作出了形象的说明，这首民谣说：

丢失一个钉子，坏了一只蹄铁；

坏了一只蹄铁，折了一匹战马；

折了一匹战马，伤了一位骑士；

伤了一位骑士，输了一场战斗；

输了一场战斗，亡了一个帝国。

马蹄铁上一个钉子是否会丢失，本是初始条件的十分微小的变化，但其"长期"效应却是一个帝国存与亡的根本差别。这就是军事和政治领域中的所谓"蝴蝶效应"。

虽然这有点不可思议，但是确实能够造成这样的恶果。横过深谷的吊桥，常从一根细线拴个小石头开始。

心灵 寄语

世界是运动的，世界是联系的，世界是一个整体，考虑整体的人往往能看得更远并获得成功。

留心生活

凝 丝

安全刀片大王吉利，未发明刀片以前是一家瓶盖公司的推销员。

他从20多岁时就开始节衣缩食，把省下来的钱全用在发明研究中。

过了近20年，他仍旧一事无成。

1985年夏天，吉利到保斯顿市出差，在返回的前一天买了火车票。第二天早晨，他起床迟了一点，正匆忙地用刀刮胡子，旅馆的服务员急匆匆地走进来喊道："再有5分钟，火车就要开了！"吉利听到后，一紧张，不小心把嘴巴刮伤了。

吉利一边用纸擦血一边想："如果能发明一种不容易伤皮肤的刀子，一定大受欢迎。"

这样，他就埋头钻研。经过千辛万苦之后，吉利终于发明了现在深受欢迎的安全刀片。

他摇身一变成了世界安全刀片大王。

且来看下面这个事例：

美国佛罗里达州有位穷画家，名叫律薄曼。他当时仅有一点点画具，仅有的一只铅笔也是削得短短的。

有一天，律蒲曼正在绘图时，找不到橡皮擦。费了很大劲才找到时，铅笔又不见了。铅笔找到后，为了防止再丢，他索性将橡皮用丝线扎到铅笔的尾端。但用了一会，橡皮又掉了。

"真该死！"他气恼地骂着。

律薄曼为此事琢磨了好几天，终于想出主意来了：他剪下一小块薄铁片，把橡皮和铅笔绕着包了起来。果然，用一点小功夫做起来的这个玩意相当管用。

后来，他申请了专利，并把这专利卖给了一家铅笔公司，从而赚得了55万美元。

心灵 寄语

一些生活中的琐碎事，一些看似简单的发明，却能带来巨大的财富。

177

敬　启

　　本书的编选参阅了一些期刊报纸和著作的文字以及图片，由于多种原因我们未能与部分入选文章和图片的作者（或译者）联系。敬请原作者（或译者）见到本书后，及时与我们联系，我们将按国家有关规定支付稿酬并赠送样书。

编委会

邮箱：chengchengtushu@sina.com